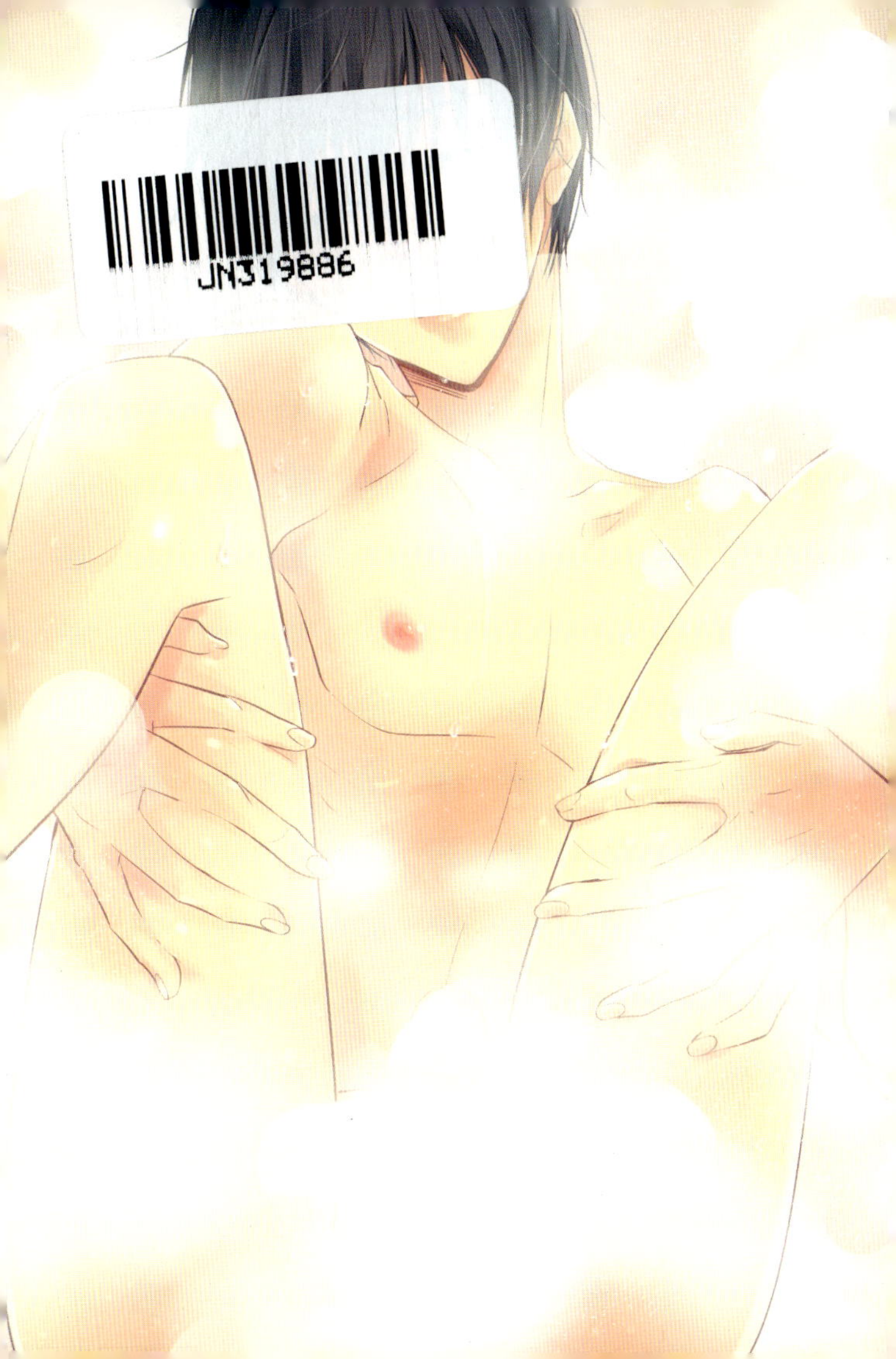

妖精生活

Ami Suzuki
鈴木あみ

CHARADE BUNKO

Illustration

みろくことこ

CONTENTS

妖精生活

CHARADE BUNKO

1

同窓会で再会して以来続いている、「DT部」数回目の会合がつつがなく終わった。

真名部《まなべ》一唯《かずい》は、迎えに来た恋人のベンツに乗り込む榊《さかき》を見送ると、自分も車を拾おうと周囲を見回す。

「榊んとこ、会合のあと必ず迎えに来るよな。ほんとラブラブって感じ」

と、小嶋《こじま》が言った。

「にしても、DT部メンバーのうち、二人までも男とくっついちゃうなんてなぁ。部の趣旨はどこへ行ったんだか」

DT部——それは本来、二十五歳にもなって童貞である男たちが、童貞卒業をめざして結成したはずの部だったのである。

だがメンバー四人のうち、半分が男と交際をはじめてしまった。

「うん、また来月!」

「じゃ、またな」

残るは、一唯自身と小嶋、二人だけである。

「……悪かったな」

ぼそりと白木《しらき》が呟《つぶや》いた。白木もまた、男とつきあいはじめた一人だった。

「悪くはねーよ。ま、しあわせそうで何よりだしさ」

「男なら妊娠する心配もないですからね」

中指で軽く眼鏡《めがね》を直しながら、一唯もそう相槌《あいづち》を打つ。

だが小島と白木は、ひどく複雑な視線を向けてきた。

「……何か?」

「いや……っていうかさ」

「おまえの考えかたも、ほんと偏ってるよな……」

「そうでしょうか?」

「そりゃそうだろ。御曹司で顔もよくて、おまえくらい女に不自由しなさそうなやつっていないのに、トラブルを避けるために結婚するまでセックスしないなんて……!」

二人は口々にそう言うけれども、一唯は自分の考えが特におかしいとは思ってはいなかった。

割り切ってつきあっていたはずの女性に、妊娠を盾に結婚を迫られる。醜聞や写真を週刊誌に売られる。何年もたってから認知を迫られる。相続争いになる——などの不祥事は、どれも一族の誰かが実際に引き起こしたものだ。

そのたびに本家である真名部家は収拾に乗り出さなければならなかった。

そういった事態を避けるため、身を慎《つつし》むようにと父にもつねづね言われているし、将来会社のためになる女性との結婚が決まれば、たとえ嫌でもセックスはしなければならない。なのに焦って経験するつもりなど、一唯にはなかった。

「なあ、結婚したあとはどうするつもりなの？　トラブルを避けるってことは、結婚後のほうがよほど問題なんじゃねーの？」

「勿論《もちろん》です。不倫などするつもりはありません」

結婚するまでセックスはしない、結婚後も結婚相手以外とはセックスはしない——というのは、一唯にとっては至極論理的な帰結だ。

けれども二人は顔を見合わせ、深く吐息をつく。

「まあ、一理ないとは言わないけどさ。けどそれにしたって、俺らくらいの歳《とし》って女の子を見ればおっぱいに目が行くし、性欲の塊みたいなもんだろ。Hまで行かなくても、恋愛だってしたくね？」

「別に……したいと思ったことはないですが」

小嶋は再びため息をついた。

「じゃあ、好きな子とかいねえの？」

「…………え？」

「ま、いたらそんなこと言うわけないか」

「……、ええ」


 好きな——と問われ、脳裏をふと過ぎった姿を、一唯は一瞬言葉が詰まった。その面影を、慌てて振り払う。

（いや……好きとかそういうのじゃないから）

（でも今いなくても、これからできるかもよ？）

「まさか、今さら」

「先のことはわかんねーじゃん。——なあ、なんとか言ってやれよ、白木も」

「あ、ああ」


 小嶋に促され、黙り込んでいた白木が口を開いた。

「へ……下手だったらとか思わないのか？」

「下手って、何がです？」

「せ……セックス」

「え……」


 一唯は絶句する。白木は言い訳するように焦って続けた。

「だ、だってさ、童貞のまま結婚するってことだろ。下手すぎて奥さんにばかにされたり、満足させられなかったりするかもしれないじゃんか……！」

「そうそう、ＤＴなら上手いわけないよな。真名部はそういや昔から割と不器用だったし、よけいじゃね？」

白木に便乗して、小嶋まで囃《はや》し立てる。

一唯は彼らの言葉に呆然《ぼうぜん》としていた。それというのも、

「……セックスに上手い下手なんてあるんですか……」

そんなことは考えたこともなかったからだ。

「ええええっ⁉」

二人が声をそろえた。

「そりゃあるだろ……！　でなきゃ、なんであんなにしょっちゅう雑誌で特集したりしてんだよっ」

「そうなんですか？」

「そうだよ！　おまえもなんとか言ってやれよ！」

と、小嶋は白木に振る。

「って、俺に振られても……、俺だってあいつとしか……」

最後のほうはごにょごにょと唇の中に消えてしまう。小嶋は深く吐息をついた。

「おまえってほんとずれてるよな……」

「……そうでしょうか」

「御曹司だからしょーがねえんだろうけどさ。でもそれだと下手なまま結婚して、奥さんに一生下手なセックスの相手をさせることになるかもよ」

「奥さん、耐えかねて浮気しちゃうかもな」

「真名部家の妻が、そんなふしだらなことをするはずがありません」

「だったら、彼女は欲求不満を抱えたまま、一生貞淑な妻として悶々《もんもん》と過ごすわけだ。よけい可哀想《かわいそう》じゃね？　な、白木。もし須田《すだ》が超ど下手くそだったらどうよ？　欲求不満になんねえ？」

「え、ええ？」

「愛があれば、全然気持ちよくなくて、痛いだけでも平気？」

「そ……だからそんなこと俺に振るなって」

白木は目を白黒させて口ごもっている。

「……いくら下手だったとしても、痛いだけってことはないだろ、さすがに……」

「へええ？　そうなんだ？」

「……っ、もう黙れよ、おまえ……！」

にやにやしながら揶揄《からか》う小嶋と真っ赤になる白木を横目で見ながら、一唯は考え込んでいた。

（そうか……）

自分の性的技術が未熟なために、妻となる女性を欲求不満に陥らせてしまうかもしれない——というのは、一唯にとってこれまで考えたこともなかったポイントだった。しかも下手だと痛いのか。

「……ゆゆしき問題ですね」

と、一唯は呟いた。

「何が？」

小嶋と白木が視線を向けてくる。

「妻になる女性には、できればしあわせでいてもらいたいですから。性的に満たされない状態にしておくのは、本意ではありません。——この問題を解決するには、どうしたらいいかと思って」

一唯がそう口にすると、二人はまた顔を見合わせた。

「……そう来る？」

「？　いけませんか」

「別にいけなくはないけどさ。——上手になりたいなら、そりゃ練習するっきゃねーんじゃねーの？　女の子探してさ」

「安易な遊び相手をつくるつもりはありません」

「お堅いなあ。納得ずくで相手してくれる、後腐れがなくて口の堅い女だっているだろ？」

「紹介してくれるんですか？」

「阿呆か。知ってたらまず自分がお願いして、ＤＴ卒業してるに決まってるだろ。ほかを当たれよ」

「それもそうですね……」

「おまえねえ」

一唯が深く納得したにもかかわらず、小嶋はなぜだかまた吐息をつく。

とはいえ、一唯にはほかに当てなどなかった。もともと友達が多いほうではない——というか、改めて考えてみれば、ＤＴ部のメンバー以外に友達と呼べるような相手が、果たしていただろうか。

上司や部下を仕事以外のことで煩わせるのも気が引けるし、社内で悪い噂《うわさ》でも立ったら本末転倒もいいところだ。

（執事に頼むか……？）

高齢の彼に、そんな当てがあるかどうか。

一唯が考え込んでいると、ふいに小嶋が言った。

「——にしてもさあ、おまえ、いったいなんでそんな偏った考えかたするようになっちまったんだよ？」

「そんなに偏っているとは思いませんが」

真名部の家のことを考えれば、一唯にとっては当然の理《ことわり》だった。だが、小嶋は白木に同意を求める。

「偏ってるよ、なあ⁉」

白木もまた頷《うなず》いた。

「生まれつきそんな考えを持ってたわけじゃないだろ？」

「そうそう。きっかけとかさ」

「きっかけ……」

「じゃあ、いつから？」

白木と小嶋に口々に問い詰められ、一唯は記憶をたどってみた。

「そうですね……小学生のときは、さすがにそんなこと、考えたこともなかったですね」

「そりゃそうだろうよ」

「じゃあ中学生くらい？」

「中学生……」

首を捻《ひね》る。

「おまえなら、その頃から女の子にもてもてだったんじゃねえの？　バレンタインなんか山ほどチョコもらったりしてさ」

「バレンタインのチョコ……?」

何かが記憶に引っかかる。

一唯の脳裏に、ふいに蘇《よみがえ》ってきた光景があった。

「……そうか」

(そう……あれはまだ私が中学生だったとき……)

——へえ……たくさんもらったんだね。一唯はまだ一年生なのに、もう女の子にこんなに人気があるんだね
そう言ったのは、当時まだ家から大学へ通っていた、叔父《おじ》の悠史《ゆうし》だった。

真名部悠史は父親の弟だが、母親が違う。父の父が外の女に産ませ、のちに養子として真名部の籍に入れた子供だった。そのことと、生真面目《きまじめ》な父と飄々《ひょうひょう》とした叔父とは性格がまったく合わなかったこともあって、二人の折り合いはあまりよくはなかった。

それでも悠史は、子供好きだったのだろう。一唯のことはとても可愛《かわい》がってくれていて、一唯もよく懐いていたものだった。

——好きな女の子からももらった?

悠史の問いに、一唯は首を振った。そもそも女の子たちのことを好きとか嫌いとか、考えたことがなかったからだ。奥手な子供だった。

——好きな子なんていません

――そっか。ま、そのくらいのほうがいいのかもしれないな。真名部の直系が女好きだと、将来いろいろ問題が起きるかもしれないし

――問題って？

――醜聞になったりね。ほら、最近富田《とみた》の伯父《おじ》さんが家に来て、兄さんと話し込んだりしてただろう？　――って、こんな話はまだ一唯には早いな

そういえば、そんなこともあった。

メイドたちの話を漏れ聞いたところでは、富田の伯父は妻以外の女性とのあいだに子供をつくってしまったらしい。週刊誌に載せられそうになり、自分で買収しようとして不首尾に終わったために、本家の力を借りに来ていたのだった。

――私はもう子供じゃありません

一唯がそう言うと、悠史は笑った。

だがそのとき一唯が考えていたのは、むしろ悠史自身のことだった。

外の女性とのあいだに生まれ、幼い頃に実母と引き離されて真名部本家に引き取られた彼が、表には出さなくてもどこか肩身の狭い思いをしていることを、一唯はなんとなく感じていたからだ。

その後、彼女が亡くなったときも、死に目には会えなかったと聞いている。

（結婚相手以外の女性とつきあうということは、叔父さんのような思いをする子供をつくっ

てしまうかもしれないということ）
　その因果は、幼かった一唯の心に強く刷り込まれることになったのだ。

（ん……？）

　自宅へ戻ってくると、玄関脇の来客用駐車スペースに、どこか見覚えのある深紅のイタリア車が停《と》められていた。

（まさか……この車）

　それを見つめたまま、一唯は一瞬立ち尽くす。家にこういう車で乗りつけてくる人間など、一人しか心当たりはいない。

（悠史叔父さん……⁉）

　彼が来ているのか。でもどうして？　一族の集まりなど今日はなかったはずだった。それ以外のときに訪れたことなど、ここ何年もなかったのに。

　一唯は弾《はじ》かれたように屋敷の中へと足を進めた。

「お帰りなさいませ」

「ああ、ただいま」

迎えに出た執事に対する応《こた》えも、ついいつもよりぞんざいになる。

「──誰か来てるんですか」

「悠史様がおいでになっております」

やっぱりだ。

「居間に?」

「客間にいらっしゃいます」

「──そうですか」

一唯はそのまま客間へ足を向けた。

思わず無許可で扉を開けてしまいそうになり、どうにか思いとどまる。来客中に客間を訪れるときは必ず声をかけるようにと父に言われているし、それに大喜びで駆けてきたように悠史に思われるのは心外だった。

(……滅多に会おうともしてくれない人が、ひさしぶりに顔を見せたからって……)

呼吸を整え、表情を取り繕って、一唯はドアを叩《たた》いた。

「一唯です」

「……入りなさい」

父の声は低く、不機嫌そうだ。

「失礼します」

ドアを開けば、正面の上座に父、テーブルコーナーを挟んだ位置に悠史が座っていた。

(叔父さん……)

本当に来ていたのだ。あまりにひさしぶりすぎて、執事にはっきり聞いたにもかかわらず、半信半疑だった。

メールや電話で連絡を取っていたとはいうものの、前に会ってから、一年——いや二年はたつ。家を出てからの悠史は、どうしても出席せざるをえないとき以外は、一族の集まりにも来ないことのほうが多かった。……顔を出したくない気持ちは、わからないではないけれども。

たった二年——大人がそれほど変化する年月ではない。けれどそれでも、どこか腹の見えない笑みを浮かべた悠史の美貌《びぼう》はさらに輝き、艶《つや》を増したような気がした。

(——それこそ気のせいだろうけど)

「やあ、ひさしぶりだね、一唯」

一唯が部屋に踏み込むと、悠史のほうから挨拶《あいさつ》をしてきた。

「ちょっとのあいだに、ずいぶん大人っぽくなったね。すっかり男ぶりも上がって、これじゃ女の子が放っておかないだろう?」

「……おひさしぶりです、叔父さん」

(ちょっとだって?)

長いあいだ会おうとしてくれなかったことへの恨みがつい口を突いて出そうになるのを、一唯はぐっと呑《の》み込み、型どおりの挨拶を返す。

「――それで、今日はどうして？」

「ちょっと兄さんに話があってね」

「父さんに……？」

彼がわざわざ本家を訪れてまでしたい話とは、いったいなんなのだろう。きっとよほどのことに違いない。

「……というと、どんな」

「おまえは関係ない」

遮るように口を挟んだのは、父だった。

「仕事の話だ」

そう言われれば、一唯が首を突っ込めるはずもなかった。

いずれは真名部を継ぐ身とはいえ、未《いま》だ修業中の身の一唯と、真名部グループの中心とも言える真名部不動産建設を統括する父や、ここ数年大きく業績を伸ばしているマナベ・ハーベスト社長である叔父とでは、格が違った。

「だがもう終わった」

父は悠史に視線を向ける。それが「帰れ」という合図なのは、一唯にもわかった。

「――考え直してくださる気はないんですね」

と、悠史は言った。

「何度も言ったとおりだ」

「……わかりました」

失礼しますと父に挨拶を述べ、悠史はソファから立ち上がった。

「もう帰るんですか……!?」

一唯は思わず声をあげていた。

「せっかくひさしぶりに会ったのに、もう少し――」

「一唯」

ひきとめようとする一唯の科白《せりふ》を、父が苦い顔で遮る。

「悠史も忙しい身なんだ。わきまえなさい」

「でもせっかく……っ」

「一唯」

「――……」

父に強く制され、口を噤《つぐ》む。悠史は苦笑を浮かべて一唯を見た。

「残念だけど、また今度」

(今度っていつ)

そんな言葉が喉《のど》まで出かかる。

客間をあとにする悠史を、一唯は追った。ひきとめたかった。また今度、なんていったって、この機会を逃せば次はいつ会えるかわからないと思った。

けれどもどう言ってひきとめたらいいのか。

時間的にも遅いし、これから夕食でも……と誘うわけにもいかない。一唯自身、DT部の皆と一緒に済ませてしまっていた。

すべもなく玄関ホールまで来てしまう。

「——一唯」

それなりに長身の一唯より、悠史のほうが頭半分以上視線が上にある。見上げると、彼はてのひらで一唯の頰《ほお》にふれてきた。

「……っ」

なぜだか小さく心臓が音を立てる。

「——もし何か相談したいことができたら、そのときはいつでも話を聞くから、電話しておいで」

悠史の手は、すぐに離れた。一唯は無意識にそこに自分の手でふれてしまう。なんだかひどく頰が熱かった。

彼はそのまま玄関を出ていこうとする。

「叔父さん……！」

一唯は思わず彼の背中に呼びかけた。

ひきとめたい。けれどもそのあとが続かない。

そのときふいに頭を過ぎったのは、先ほどのＤＴ部の会合で、小嶋たちに言われたことだった。

――そりゃ練習するっきゃねーんじゃねーの？　女の子探してさ
――紹介してくれるんですか？

――阿呆か。知ってたらまず自分がお願いして、ＤＴ卒業してるに決まってるだろ。ほかを当たれよ
そうだ、女性のことを相談するのに、この叔父ほどの適任者がいるだろうか。奇しくも当の本人が、相談があれば乗ると言ったのだ。偶然が運命のようにも思えた。何しろこれまで星の数ほどの女性とつきあってきた、と一族でも噂されている男なのだ。

そう思うと、なぜだか胸に不快な痛みが走って、一唯はついスーツの胸元を握りしめた。

「……何？」

足を止め、問いかけてくる。やさしくて甘い顔、甘い声。これに女性たちはだまされるのだろうか。

「いえ……ちょっと相談に乗って欲しいことがあって」

「え、今?」

悠史は軽く目を見開いた。

「いけませんか。相談があればいつでも乗るとおっしゃったでしょう」

「まあね。いけなくはないよ、全然。……じゃあ、ひさしぶりに一唯の部屋へでも上げてもらおうかな」

「ええ」

悠史が受けてくれたことにほっとすると同時に、一唯の心は浮き立った。どうしてたったこれだけのことがこんなにも嬉《うれ》しいのかと思う。

「——では、こちらへ」

部屋へ招くのは何年ぶりになるだろう。彼が家を出ていって以来のことだった。

一唯は先に立って歩き出した。


「相変わらずよく片づいているね」

自室に招くと、悠史は室内を見渡してそう言った。

「……っていうか、散らからないのか」

そうかもしれない。もともと物が少ないということもあるが、何か使い終わったら必ず元の場所に戻すことを、子供の頃から自ら義務づけているからだ。

一唯は彼に部屋の一角にあるソファを勧め、向かいに座った。

「それで、相談っていうのは？」

メイドに運ばせたワイングラスを傾ける姿が、妙に絵になっている。一唯はなんとなく直視できずに目を逸《そ》らした。

「……女性を紹介して欲しいんです」

と、一唯は言った。

「女性だって？」

悠史は軽く目を見開く。

「はい」

「女の子とつきあいたいの？　人に頼まなくても、一唯はかなりもてるほうかと思ってたけどね」

たしかに何度か告白を受けたこともあるし、食事などに誘われることもめずらしくはないけれども。

「そういうことじゃないんです。ただ、性行為を教えてくれる人を紹介して欲しいんです」

「……は？」

悠史は何を言われたのかわからないという顔で問い返してくる。

「性行為――って、セックスってこと?」

「ええ」

「セックスだけ?」

「はい」

一唯は頷いた。

「は……はは、わからないな。なんでそんなこと」

悠史は乾いた笑いを漏らした。

「結婚前に、ある程度上手になっておきたいんです。相手の女性を性的不満なままでいさせたくはないので。秘密が守れる人を、あなたならご存じでしょう」

「――そんなに言うほど下手なの?」

「おそらく」

「どうして? 寝た女の子に何か言われた?」

「そういうわけじゃありません。ただ、経験がないので」

「ええ? ……経験がないってことは、童貞?」

悠史は声をあげた。

一唯が童貞だというのは、それほど驚かなければならないようなことなのだろうか。未婚なのだから、童貞であってもさほど不思議はないはずだと思うのだが。

この反応は、今のＤＴ部の友人たちの前で初めてそのことを口にしたときと、ほとんど同じものだった。……ただ、なんとなく違うのは、悠史がなぜだか少し浮かれているかのように見えることだろうか。

「そんなに驚くようなことでしょうか？」

「いや、まあそうでもないのかもしれないけどね。……じゃあもしかして、今まで女の子とつきあったこと、一度もないの？」

「ええ」

「へええ、そうなんだ」

何が面白いのか、悠史は唇を緩める。

「もてそうなのに、もったいない。俺が君くらいのときは、毎日違う子と会ってたもんだったけどねえ」

その科白に、一唯はなぜだか少しだけ不愉快になる。

（って、どうして。……この人が女好きの遊び人だってことくらい、昔からよく知ってるのに）

「別に、誰ともつきあう気、ないですから」

「なんで？　下手なのがそんなに気になるなら、何人とでも結婚前につきあえばいいんじゃないか？」

（……もしかして忘れてるのか。昔自分が何を言ったか）

と、一唯は思った。

子供だった一唯に、真名部の嫡子としてはあまり女に興味を持たないほうがいいと言ったのは、悠史だったのに。

（まあ、私もさっきまでほとんど忘れていたけれど……）

「安易なセックスはしない主義なんです。結婚するわけでもない相手と下手につきあうと、トラブルの種になる可能性があるのはご存じでしょう」

「まあねえ。けど、注意してればある程度リスクは避けられるだろ？　写真週刊誌に写真を売るような子とはつきあわなきゃいいし」

「絶対とは言い切れない」

たしかに、遊んでいるらしい割には、悠史がトラブルを起こしたという話は聞いたことがなかった。上手くやれば、それも可能だということなのだろう。そのそつのなさは忌々しいほどだ。

だが一唯は、自分にそれほどの器量がある気はしなかった。むしろＤＴ部の皆に指摘されたとおり、手先も不器用なら精神的にも不器用なほうだと思うのだ。

悠史も同じ意見ではあるらしい。

「まあ、君はだまされやすそうだからな。――でも好きな人はいないの？」

　ＤＴ部の皆にも聞かれた質問だった。一唯は同じように答える。

「……。……特には」

「へえ、そう。君くらいのときは、誰でも好きな子のことで頭がいっぱいなんだと思ってたけど」

（あなたも？）

　という言葉が喉まで出かかるのを、一唯は呑み込んだ。

「今まで好きになった人は？」

「いいえ」

「誰も？」

「ええ。――どっちにしても、いずれは会社のためになる人と結婚しなければならないのなら、同じことでしょう。むしろ誰も好きじゃないほうがいい」

「……まあ、そうとも言えるかもしれないけどね」

　悠史は小さく吐息をついた。ＤＴ部の皆といい、どうしてこんなにもため息をつかれなければならないのだろう。

「なんていうか……ある種の純粋培養なんだよなあ……」

　と、悠史は呟いた。

そう言われることは不快だが、実際ある意味そうだという自覚があるだけに、一唯は反駁《はんばく》できなかった。

「じゃあ一唯は、兄さんに言われるままに、親に決められたそれまで顔も知らなかったような相手と結婚して、……それでいいの？」

「いいも何も……真名部の一族は、だいたい皆そうやって結婚してきてるじゃないですか。父さんも、叔母《おば》さんや従兄《いとこ》たちも」

この悠史以外は、だ。

「そりゃ……だけどそれは一昔前の世代までの話だろ？　君はまだ若いのに」

「別に問題ないでしょう？　父さんが、私にとっても会社にとってもよくない相手を世話するわけはないですし」

「……兄さんを信じてるんだ？」

「ええ。勿論」

「兄さんが結婚相手を見つけてくれるまで、誰ともつきあわず、恋もしないで？」

「ええ」

「……結婚したあとも」

「勿論。結婚してからも、妻以外の女性に手をつける気はありませんよ」

「……じゃあ、結婚相手になる女性が、君にとって一生で唯一の女性になるわけだ」

「そうなりますね」

「彼女を愛せるかどうかもわからないのに？」

「そうでしょうか……？」

一唯は首を傾《かし》げた。

「たとえ相手がいい女でも、愛せるかどうかは別問題だろう？」

「でも、あなたを見ていると、簡単そうに見えますが」

「は……？　なんで俺？」

「次から次へと相手を替えてるって聞いていますから。あんなに誰でも好きになれるものなら、親の勧める相手を好きになるくらい簡単だと思うのですが」

「や、それは違うだろう……！」

悠史は声をあげた。

「俺は少なくとも自分で相手を選んでるし」

「その選んだ相手と、一人として長く続いていないんですよね？」

一唯がそう言うと、悠史は絶句した。

「……そう考えると愛し続けるのは難しそうですが、なるべく上手くやっていけるように努力するつもりです」

悠史は一唯の顔を見つめる。その目はどこか責めるような複雑な色を帯びている。

「……親が決めたたった一人の女性とだけつきあって、結婚して、セックスもその女とだけして」

「ええ」

「一生、死ぬまでその女だけを愛する？」

「ええ」

「気が合わないかもしれないし、相手は君を愛してくれないかもしれないし、浮気だってするかもしれない。ただの親の決めた相手、見ず知らずの女なのに――それでも、一生その女だけを愛せるんだ？」

「そのつもりです」

　愛せるのかどうか、正直なところ自信はなかった。そもそもこれまで誰かに恋をしたこともないのに、結婚相手だからといって急に好きになれるものなのかどうか。

　けれども一唯は、愛せるように努力するつもりだった。それが無理でも、できるだけ穏やかな家庭を築いて、相手の女性をしあわせにするべきだと思っていた。

　両親だって政略結婚だったが、それなりに仲はよかった。母は早くに亡くなってしまったが、ああいうふうになれればいいのだ。

「……わかったよ。君がそこまで言うのなら」

　しばらくの沈黙のうち、悠史は言った。

その腹の読めない笑みはいつもと同じようで、それでいてどこか違う何かを孕《はら》んでもいるような気もする。

「相手をしてくれる人を紹介してあげよう。後腐れなくレッスンしてくれる相手をね」

2

週末からの連休はずっと空けておくように、と言われ、一唯はずいぶん無理をして仕事を片づけた。そしてかなり疲れていたはずなのに、まるで遠足の前の子供のようになかなか眠れないまま、約束の金曜の夕刻を迎えた。

――兄さんには知られないように

悠史にそう言われれば、ことがことだけにもっともだと思わざるをえない。

父には同窓生たちと温泉旅行に行くと嘘《うそ》をついた。親に秘密の外泊など初めてで、何かひどく後ろめたく、そのくせどきどきする。

終業後、どちらの会社からもほどよく離れたデパートの前で、悠史と待ち合わせた。

「待たせた――」

ね、と言いかけたのだろう悠史の言葉が途中で止まった。ちなみに一唯が早く着いてしまっただけで、悠史が遅刻したわけではない。

「一唯、その花……」

一唯の手許《てもと》を見て、悠史の視線が止まる。

「え？　ああ、これくらいはしないとと思って」

一唯は紅薔薇《あかばら》の花束を手に持っていた。つい先刻、予約していたものを受け取ってきたところだった。

「――恋人でもない女に？」

「先生ですから、敬意を表さないと」

「ふうん……なるほどね」

悠史の瞳《ひとみ》が、少し意地悪く光る。

「真面目だな、君は。兄さんに似たのかな」

「……おかしいですか？」

「いや。そんなことはないよ。君によく似合ってるしね。黒っぽい服を着てることが多いけど、綺麗《きれい》な深い紅が一番よく似合うと思ってたんだ。美人が引き立つ」

「え……っ？」

美人、というのは、一唯のことを言ったんだろうか。文脈からすればそうとしか思えないのだが。

「な……何を言ってるんですか……」

男に美人だなんて、間違っている。

（でも、女性の場合の美女に適応するのが美男なら、美人は両方の場合に使っても正解なのか……？　いや、ポイントはそこじゃなくて）

悠史は笑って一唯の背中を押した。

「――じゃあ、とりあえず食事にでも行こうか」

連れていかれたのはホテルの中にある、悠史がオーナーと知り合いだというフランス料理のレストランだった。

きらきらした装飾の割には落ち着いた雰囲気で、料理も美味《おい》しい。

向かい合って二人だけで食事をするのも、ひどくひさしぶりだった。

食べながら他愛もないことを話す。内容は特に面白いはずもない、同じ真名部グループの者としての仕事の話などが多いのだが、悠史と話していると時間を忘れた。

（……昔みたいだ）

子供の頃のことを思い出す。あの頃も、彼と話すのがとても楽しかった。

当時と違うのは話題と、これからセックスする相手を紹介してもらうということ――それが決定的に違っている。

だが、その女性はいつ姿を現すのだろう。

彼女と一緒に食事をするのではなかったのだろうか。それともこのあと――そういえば、これからどこへ？　このホテルの中に部屋を取ってあるのだろうか？

そんなことを考えるうちにもディナーが終わると、予想に反して一唯は悠史の車に乗せられ、ホテルから連れ出された。

悠史の車に乗るのもずいぶんひさしぶりのことだった。

（前に乗ったのは……たしか高校の卒業式の日だったか……）

もう八年も前の話だ。

（そういえば……）

「うん？」

もの言いたげな空気を察したらしい。悠史が問いかけてくる。

「いや、前に乗せてもらったときも、同じ車だったような気がして。この車、何年くらい乗ってるんですか？」

「そうだな……十二年くらいかな」

「そんなに⁉」

では、やはりあのときと同じ車なのだ。

「手をかけてるからね。整備は万全だよ」

本当だろうかと思う。日本車ならまだしも、イタリア車なのに――だが逆に言えば、イタリア車が十二年も万全に動くほど手を入れるということは、どれほど彼がこの車を大切にしてきたかを証明しているとも言えた。そのことが、一唯はなんとなく面白くない。

「同じ車にそんなに長く乗るタイプだとは思いませんでした」

女性に対する態度と同じで、次から次へと乗り換える男だと思っていたのだ。

「そ？　ほんとは気に入ったものには一途《いちず》な男なんだけどね？」

そんなことを言われると、つい疑いの眼差《まなざ》しを向けてしまうけれども、ハンドルを握っている悠史は気づいたのかどうか。

「この車には愛着があるんだ。ひとり暮らしをはじめてすぐに買って、それからずっと一緒だったからね」

その科白には、文字どおり言葉以上の思い入れが込められている気がした。

おそらくこの車は、子供時代に閉じ込められていた居心地の悪い屋敷を出て、独り立ちできた記念に買ったものなのだろう。もともと美しいボディは磨き込まれ、さらに輝きを放っている。愛着があるのは、見ただけでもわかった。

だが、彼が捨ててきたその家は、彼と一唯が一緒に暮らした家でもあるのだ。

そう思うと、苦いものがこみ上げる。一唯はそれを振り払うように話題を変えた。

「ところで、どこへ行くつもりなんです？」

「どこだと思う？」

「……東京からはだいぶ……西のほうに来たような」

「もうすぐ長野県だよ」

「え、長野って」

そこまで離れたとは思っておらず、一唯は驚いた。

「一回やったら、即達人になれるなんてまさか思ってないだろ？」

「それはそうですけど……別に、た……達人にまでなりたいなんて」

そこまでは必要ないと思うのだ。

「だとしても、何度かやってみるべきだろう？　ま、君の努力と才能次第だけど」

と、彼は言った。

努力は厭《いと》わないつもりだが、才能のほうは自信がない。むしろ不器用であることのほうに自信があるくらいなのだ。

「連休いっぱい使ってゆっくり覚えられるように、落ち着ける場所へ行くんだよ。醜聞を避ける意味でも、東京を離れたほうがいいしね」

悠史の言うことにも一理ある気がした。どちらにしてももう休みは取ってしまったし、東京を離れることにも否《いな》やはない。

（……郊外へ出るのもひさしぶりだ）

車窓は真っ暗で、ビルの明かりも見えない。ほかの車も少なく、だいぶ田舎のほうへ来ているようだった。

やがて他愛もない会話を交わすうち、うっすらと景色を思い出しはじめる。どこかしら見覚えがあった。

「もしかして、ここ……」

「ああ。思い出した？」

「ええ」

つい声が弾む。ほんの幼い頃——まだ母が生きていて、父も社長を継いではいなかった頃。そして悠史もまだ一緒に暮らしていて、家族が一緒にいた頃、何度か来たことがあったのだ。

「軽井沢のうちの別荘へ行くんですね？」

「ああ。正確には、今は俺の別荘だけどね」

「え……っ⁉」

その言葉に、一唯はひどく驚いた。

「兄さんが手放すって言ってるのを聞いて、俺が買ったんだ」

「手放す……⁉　どうして⁉」

先々代からの真名部家の別荘だ。快適に暮らせるようにだいぶ手は入れてあるが、建物も由緒あるものだし、なぜ父がそんな気になったのかわからなかった。母親が違うとはいえ、同じ真名部の血を引く悠史が買ったのなら、結果的には問題ないのだが。

「さあ……まあ全然使わないし、義姉《ねえ》さんの思い出もあるから、持ってるのも辛《つら》くなったんじゃないか？」

「……そうなんでしょうか」

言われてみれば、母が亡くなってから一度も行ったことがない。放置しておくよりはと思っても、不思議はないのかもしれない。

細くなった道を上へ上へと上がっていけば、やがて暗闇《くらやみ》の中に、見覚えのある青い屋根の洋館が浮かび上がる。玄関ポーチにはやわらかな明かりが灯《とも》っていた。

(ああ……変わってない)

家族で訪れたのが、つい昨日のことのように思い出された。休みの終わりには帰りたくなくて、車の中から何度も別荘を振り返ったものだった。

車から降り立ち、建物を見上げる。

あまりの懐かしさに、なんのために来たのかさえ忘れてしまいそうだった。両親はいないけれども、このままここで昔のように、悠史と二人でただ休暇を過ごしに来たかのような。

(――でも、二人きりじゃない)

女性が待ち受けているはずだった。

そう思うと、にわかに緊張してくる。

同時に、愛しているわけでもない女性とここでセックスをするのは、なんとなく幼い頃の思い出への冒瀆《ぼうとく》であるような気もした。そんなことを思ってしまうのは、協力してくれる人に対して申し訳ないけれども。

荷物を車から降ろし、悠史が玄関の鍵を開ける。

改装されているかと予想していたけれども、内部もまた当時の雰囲気をよく残していた。黒光りする無垢材《むくざい》の床に、シャンデリアのつくる光の模様が美しく映る。

「懐かしい？」

「……ええ」

一唯ははっと我に返った。

「あ……そういえば、いついらっしゃるんです？」

明かりが灯っているのを見たときは中に人がいるのかと思ったが、こうして入ってみると、この建物には自分たち以外、人の気配がしなかった。玄関灯は管理人が点《つ》けておいてくれたらしい。

「いつ来るって、誰が？」

「だから、その……女性が」

なんとなく照れてしまう。

「荷解きもしないで、さっそくその話？」

悠史は笑った。

「意外とすけべだったんだな。そんなに期待してた？」

「ち、ちがいますっ」

不思議に思っただけで、期待とかではないのだ、断じて。

一唯は慌てて言い訳しようとしたけれども。

「残念ながら、女の子は来ないよ」

暖炉に火を入れながら、悠史は言った。

「え……？　だって」

一唯にセックスのテクニックを教えてくれる女性と会うために、こんなところまで来たのではなかったのか？

「——まさか誰も捕まらなかったんですか？」

いくらでも当てはあるような顔をしておいて、意外とたいしたことなかったんだな、と思えば、悠史は言った。

「そういうわけじゃないけどね。いくら信頼が置けそうな女性でも、おまえの言うとおり、百パーセントはないだろう？　相手に悪意がなくても、避妊に失敗したりね。——まあ普通は大丈夫なはずだけど、何しろ一唯は童貞だし、ゴム嵌《は》める前に出しちゃうとか、小さすぎて抜けちゃうなんてこともあるかも」

「い……いくらなんでもそんなことは」

ないとも言い切れないかもしれないが、そこまでは不器用でも、小さくもないはずだ。

……とはいえ童貞で、友達と見せ合ったことがあるわけでもなく、女性に見せたことがあるわけでもない身では、確信は持てなかった。

「それに、やっぱり練習のために女の子とセックスするなんてよくないと思うんだ。たとえ相手が納得ずくでも、その人にも、結婚相手の女性に対してもね」

「――だったら、どうしろって」

「誰よりも安全な相手が、ここにいるじゃない？」

「ここって……」

周囲を見回すまでもなく、ここにいるのは一唯のほかには、悠史だけだ。

まさかと思って見上げれば、彼はにっこりと笑い返してくる。

「な――何言ってるんですか……！　あなた男でしょう⁉」

「だから妊娠する心配がないだろ？」

「だからって……っ」

これは予想もしていなかった展開だった。男に――悠史に、セックスを教えてもらう？

「加えて、俺は一族の人間だし、一応社会的地位もある。何があってもスキャンダルを週刊誌に売り込んだりはしないよ」

「それはそうでしょうけど……っ」

「俺じゃ不満？」

「ふ……不満っていうか」

「やっぱそんなに女の子とやれるの、期待してたんだ？」

悠史は人の悪い笑みを浮かべる。

「だからやりたいとかじゃな……っ」

反論しかけた瞬間、ふいに腕を摑《つか》まれ、引き寄せられた。そして唇にやわらかいものがふれる。

（え……っ）

一唯は頭が真っ白になった。

（キスされてる？　叔父さんに……！）

そう意識したのと同時に、唇が離れた。

心臓が飛び出しそうな口を、一唯は思わず手で覆う。その場にふらふらとしゃがみ込んでしまう。

（な……なんで）

目を見開いて悠史を見上げる。頰がたまらなく熱いけれども、何が起こったのか、まだよく理解できてはいなかった。

悠史は微笑《わら》って覗《のぞ》き込んでくる。

「これからセックスしようってやつが、キスくらいでそんなになってどうするの」

「あ……」

それはたしかにそうなのかもしれなかった。だが一唯はその相手が悠史だなんて、考えてみたことさえなかったのだ。

「俺とエクササイズするのはいや？　想像してみて」

「想像……」

されたばかりのキスを思い出す。ふれただけだから当然なのかもしれないが、少なくとも嫌悪感はなかった。ただ息が苦しいほど鼓動が高鳴って、まだ収まらない。

（……その先は？）

女性とセックスするかわりに、悠史とする。

（この人を、……抱く……のか？　私が？）

一唯は悠史を見つめた。

彼は長身で肩幅の広い、男が見てもほれぼれするような逆三角形の体軀《たいく》をしている。女性的なところはないが、整った顔立ちは「美人」と呼んでも差し支えないかもしれない。

（……できないことはない、かも）

「どうしても無理なら、この話はなかったことにしてもいい。帰ってほかを当たるなり、童貞のまま結婚するなり、好きなほうを選べばいい」

「――ここまで来て、それは……」

困る。

ほかに当てなどないからこそ、彼を頼ったのだ。

そしてそれ以上に、ここでやめてしまうことに、なんだかひどく抵抗がある。——やめたくない、みたいな……。

（どうして）

一唯は混乱し、答えあぐねて、かわりに質問を返した。

「……あなたは？」

「俺？」

「男と——……甥《おい》とセックスしても、平気なんですか？」

「まあね」

悠史はあっさりと答えた。

もしかして悠史は、女性ばかりではなくて、男とも関係を持ったことがあるのだろうか。どちらにしても、こんな行為さえ気軽にできるほど、彼が遊び慣れているという証拠なのだろうけれど。

「昔はよくあったことだよ。たとえば江戸時代にはご内証のかたっていうのがいて、将軍に夜の手ほどきをした。今は真名部の直系に、兄貴分が同じことをする。——そんなに深刻に考えるようなことじゃないよ」

「……そう、なんですか……？」

「そうそう」

そして悠史は、埋もれていた過去を掘り返す。

「どうせオナニー教えたのも俺じゃないか」

「……っそれは……っ」

悠史は笑って言うけれども、一唯には笑えないネタだった。あの頃は、快感の意味さえよくわかってはいなかったのだ。黒歴史というのとは少し違うが、思い出すとたまらなく恥ずかしい。そのくせなぜだか甘酸っぱいような気持ちになってしまう。

「……それとこれとは違うでしょう……っ」

「最後まで面倒見てあげるって言ってるんだよ」

あっさり言われてしまうと、こだわっているほうがおかしいような気がしてくる。たしかに悠史はこれ以上ない安全な相手だし、性別などたいしたことではないのかもしれない。

……のか？

こんなふうにして、もともとゲイではなかったはずの白木や榊もほだされたのだろうか。

「……わかりました。じゃあ、……あなたでいいです」

「違うだろ」

「え？」

「頼んできたのは、君！　俺はそれにつきあって軽井沢くんだりまで来てやったの。引き受けて欲しければ、『お願いします』だろ？　自分の立場、わかってる？」

悠史の言うことは、一応筋が通っていた。

軽井沢までは勝手に連れてこられたようなものだが、たしかに相談を持ちかけたのは自分だ。悠史が男とのセックスに抵抗がなかったとしても、「是非したい」というわけでもないだろう。一唯は、そこを敢《あ》えて頼む立場にある。

とはいえ、筋は通っているはずなのに、なんだかひどく理不尽な気がするのは、どうしてなのだろう。

「ああ、せっかくだからそこに三つ指を突いて、『不束者《ふつつかもの》ですが、幾久しくよろしくお願いいたします』って言って欲しいな」

「そんなことまで……⁉　っていうか幾久しくって⁉」

「定型句だからね。当然」

「……っ」

やはり何かおかしい気はする。けれども具体的に反論することができなかった。一唯はしかたなく膝《ひざ》を正し、指を突いた。

「……不束者ですが、幾久しくよろしくお願いいたします」

「よろしい」

頭を下げると、満足げな声が降ってきた。

「じゃあ、それをくれるかな？」

「それ？」

顎で示されて視線を向ければ、リビングテーブルの上に置きっぱなしになっていた、紅い薔薇の花束があった。

「俺のものだろ？」

と、彼は片目を閉じた。


風呂に入り、これからのことを考えていつもより念入りに身体《からだ》を洗った。

すっかりのぼせそうになってようやく上がると、メインベッドルームで悠史を待つ。ベッドサイドのテーブルには、一唯が渡した薔薇が花瓶に生けられ、飾られていた。

一唯が纏《まと》っているのは、備えつけてあったバスローブ一枚だ。パジャマを着るべきかとも思ったが、

（……でもどうせ脱ぐんだし……）

そう思うと、ますます緊張が高まってくる。

童貞なのは知れているし、下手なのは当然としても、それでもできるだけスムーズにエス

コートしたい。――でもどうやって？

まったくシミュレーションできなかった。

できないままでいるうちに、ドアが開いた。

「待たせた？」

「いっ、いえ」

彼もまた、同じバスローブを纏っている。風呂上がりの肌がわずかに上気し、いつもはふわりとした髪が、乾ききらないままに頬や首筋にかかって、なんだか妙にいろっぽい。

彼は一唯の隣に腰を下ろした。

「そんな、緊張するなよ」

「べ、別にしてな」

「そ？　――湯上がりってやっぱいろっぽいね」

「そ――」

それはこっちの科白だと思った。でも、とても照れてしまって言えなかった。

「……なんでそんなにさらさら言葉が出てくるんですか……」

ついそう問えば、

「思ったことをそのまま口にしてるだけだよ」

と、彼は笑った。

頬に手がふれてくる。

眼鏡を取り上げられて、キスされる、と思った。先刻はわからなかったから、これもひとつ学習したということか。

気恥ずかしさがさらに高まり、反射的に顔を逸らしたが、逃がしてはもらえなかった。

「んっ……」

唇が重なる。けれどもその先は、さっきとは違っていた。ふれた唇はすぐには離れず、舌が口の中へ入り込んできた。

「っ……ふ」

そういえばキスというのは本来そういうものだったのだ——と、思い至る頃には、一唯の舌はすっかりからめとられてしまっていた。

ぞくっぞくっと背筋を戦慄が走る。

「……ん、ぅ……」

（これ、なんで……）

なぜ、舌と舌がこすれ合うだけで、こんなにもたまらない気持ちになるのだろう。下腹にまでじんと響いて、じっとしているのが辛い。

「んんん……、ゃん……っ」

けれどもそんなことを考えていられたのもそのあたりまでだった。途中からわけがわからなくなって、気がついたら一唯はベッドに押し倒されていた。

薄く目を開ければ、見下ろしてくる悠史の顔が目に飛び込んでくる。

「大丈夫?」

「あ……」

「キスでこれじゃ、先を続けたら失神するんじゃないか?」

「そ……そんなわけないでしょう……っ」

「そう? じゃあ遠慮なく」

悠史は一唯のローブのひもを解き、合わせた襟元をはだけさせてくる。

「あっ」

てのひらが胸にじかにふれた瞬間、されるがままになっていた一唯は、はっと我に返った。

「ちょちょっ、待っ……」

「うん?」

悠史は伏せようとしていた顔を上げる。

「こ——これって逆なんじゃ……!?」

「逆?」

「わ……私がするんじゃないんですか……!?」

「ええ?」

そう思ったから悠史の提案に乗ったのだ。逆だなんて、考えてさえいなかった。それなのに。

だからこそやりかたを教えて、経験させてくれるはずではなかったのか。

「だ、だって……っ」

「やったこともないのに、俺を抱こうっての？」

だが、悠史は失笑した。

悠史は人の悪い笑みを浮かべる。

「痛い思いをするのは俺だってやだよ。君は俺に痛い思いをさせない自信あるの？」

「それは……」

「だろ？」

「じゃあ叔父さんはあるんですか……!?」

「叔父さんじゃなくて、悠史。……ここにいるあいだはね」

「え……っ」

「俺のこと、本物のパートナーだと思って」

言ってごらん、と促され、一唯はおずおずと唇を開く。

「……悠史、さん」

たったそれだけで、何かひどく気恥ずかしい。

「よろしい」

と、悠史は笑った。

「勿論。気持ちよくさせてあげるから、任せなさい。こういうとき大事なのは思いやりなんだよ。まずは俺に任せて、される側の気持ちを身をもって理解するといい」

される側、という単語に一唯は絶句した。

一唯が固まっているうちに、悠史はローブの裾《すそ》をはだけ、吐息を零《こぼ》した。

「——ああ、見違えるように成長したね」

「な……っ」

覗き込んで呟かれ、恥ずかしいなどというものではなかった。

いったいいつの年頃のものと比べているのだろう。もしかして、自慰を教えてもらった中学生の頃のものか。もう一緒に風呂に入ることもなくなっていたから、彼に性器を見られたのは、たしかあれが最後だったはずだ。

「しかもちゃんと反応してるじゃないか。キス、気持ちよかった？」

ますますいたたまれず、かあっと頬が熱くなる。

「やっ……」

すぐに脚を閉じようとしたけれども、膝を摑んで阻まれた。

悠史の視線の下で、自身のものが張り詰めている。頼りない風情でありながら、きつく反り返っているのがたまらなかった。

力の抜けた腕で、せめて真っ赤になった顔を隠す。

「み……見ないでください……っ」

「どうして？」

「どうしてって、……っ恥ずかしいじゃないですか……っ」

「可愛いのに」

「……ほめ言葉じゃないでしょう……っ」

「そんなことないよ。……本当に可愛い」

そう呟いたかと思うと、ふいに悠史はそれを唇に含んできた。

「ああっ――！」

信じられない衝撃だった。快感というより、いきなり咥《くわ》えられるとは思いもしなかったのだ。そのまままきつく吸い上げられる。

「ひぁ……っ」

思わず悲鳴をあげてしまう。悠史ははっとしたように放してくれ、軽く咳払《せきばら》いをした。

「――今のは悪い見本」

「うう……」

「こんなふうにがっつくと、相手を痛がらせるってこと。身をもって理解できただろ？」

こくこくと一唯は頷いた。けれども先刻、痛くしないと言った舌の根も乾かぬうちから——と思えば恨めしい。

そんな思いも知らずに、悠史は頬から首筋へとキスしてきた。腕や脇腹を撫《な》でながら、綺麗な肌だと囁《ささや》いてくる。そのたびにぞわりと背筋を這《は》い上ってくるものがある。

「あぁ……っ」

「ここ?」

一唯が反応すれば、その部分をていねいに愛撫《あいぶ》する。乳首を執拗《しつよう》に舐《な》められ、ころころと指で転がされて、身がすくんだ。

「やめ、そこ……っ」

「ここはいや?」

「んっ……」

一唯は頷いた。

「そうかな。いやなはずないと思うけど。——見てごらん」

促され、そろそろと視線を落とせば、そこには大きさこそ小さいが、まるで苺《いちご》のように紅く腫《は》れた乳首があった。ころころと凝《しこ》り、心なしかいつもより大きくなっているようにも見える。

それがひどくいやらしいものに思えて、たまらなく恥ずかしかった。なのに、見ているとなぜだかさらに昂《たか》ぶってくるのだ。

「気持ちいいとこうなるんだよ」

と、悠史は言った。

「もう下まで……凄《すご》く濡《ぬ》れてる」

「あ……っ」

見ればその部分はいつのまにか屹立《きつりつ》し、雫《しずく》さえ漏らしはじめていたのだった。

「見てるだけでじわじわ濡れてくるよ」

「やっ……」

彼の目からその恥ずかしいものを隠したくて、手を伸ばす。けれどもそれはあっけなく摑まれ、退けられてしまう。

悠史はそこへ、再び唇を寄せてきた。今度はいきなり咥えることはせずに、先端に軽くキスをする。

「……っ……」

それだけでも一唯には強烈すぎる刺激だった。

続けて悠史は、裏側にそっと舌を這わせてくる。先ほどとは打って変わって、じれったいほどていねいなやり口だった。なのに、それだけでもたまらない。

「んん……っ」

こみ上げてくるような感覚に、どうしても腰をよじってしまう。けれども膝を摑まれたままで、にじにじとしか動けなかった。

「はぁ……あぁ……」

何度も下から上まで舐め上げられる。悠史にそんなところを口淫《こういん》されているなんて、まだ信じられないくらいだった。そっとそれを覗き見て、一唯は息を吞む。淫《みだ》らなビジュアルに脳を直撃され、恥ずかしくて消えてしまいたくなる。

「や……やめ、もう……っ」

「いやって割には、どろどろだけど」

「え……」

「ほら」

再びぱくりと先端を咥えられ、軽く吸い上げられる。

「ひあぁあ……っ！」

そのまま達してしまうかと思った。ぎりぎりで留《とど》まって、けれども悠史はそのまま深くそれを含んだ。口の中で転がされ、びくんびくんと身体が跳ねる。

「ああ、あ、だめ……も、放し……っ」

「どうして。悦《よ》くない？」

くぐもった声で問いかけられると、歯が当たってなおさら感じる。このままだと、悠史の

口の中に射精してしまう。

（だめだ、そんなの）

言葉も発せずにただこくこくと頷けば、

「じゃあもっと頑張らないとだめかな」

逆に悠史はいっそう深く咥えてきた。もうひとたまりもなかった。

「あ……や、あぁぁ……っ」

一唯はびくびくと背を撓《しな》らせ、白濁を吐き出した。ぐったりとベッドへ身を沈める。乱れた呼吸が収まらない。

「……信じられない……」

「信じられないくらい気持ちよかった？」

「ばっ……」

揶揄われ、思わず怒鳴りかけた瞬間、股間《こかん》に垂れる冷たい感触に、はっとした。見れば、悠史は小さな壜《びん》を持って、中の液体を指に垂らしていた。

「……それは……？」

「ローションだよ」

それはなんとなくわかるが、何に使うのか？

「わからない？」

やっぱり君にやらせなくて正解だったな、と悠史は笑った。

「これはね、こうする」

「ひっ――！」

尻に触られて、一唯はすくみ上がった。

「な、なに……っ、そんなとこ……っ」

「暴れるなよ。ここからが重要なんじゃないか」

「ええ……!?」

後ろの孔《あな》を弄《いじ》ることが？

悠史の指が窄《すぼ》まりの襞《ひだ》をぬるぬるたどる。ぞくぞくして、一唯は思わずそこをきゅっと窄めてしまう。

「息、吐いて」

「……っ……」

わけがわからないまま、言われたとおりにすると、ずぶりと指が挿入《はい》ってきた。

「ふ……ああ……っ？」

（ゆ……指が）

身体の中へ浸食してくる。

「――痛くない？」

「あ……あ……っ」

痛いというより、今まで感じたことのない変な感覚に、ついていけなかった。

ローションのぬめりを借りて、緩く指がうごめく。ぐちぐちという音がひどくいやらしく耳に響いた。

「や……なんでそこ……っ、やめ」

どうしてそんなところを弄られなければならないのか、わからなかった。

「男にはここしか挿《い》れるところはないだろ。――こうやって、中、掻《か》かれると気持ちよくない？」

「あ、あ、」

一唯は首を振った。

「も、やめ」

「でもまた勃《た》ってきたけど」

「……！」

顔を覆っていた手をはがし、おそるおそるそこを見れば、先刻達したばかりのものは再び頭をもたげていた。

「あ……なんで」

「そりゃ、また気持ちよくなってるからに決まってるだろ？」

言いながら、ぐちっと音を立てて中を抉《えぐ》る。その途端、びくん！　と一唯の身体が跳ねた。

「あぁ……！」

(何、これ)

今までの感覚とまるで違う。心臓を直接摑まれるみたいな、強烈な感覚。

「——ここ？」

一唯は激しく首を振った。そこだけはふれられたくなかった。なのに悠史は、そこばかりを撫でてくるのだ。

「あぁ、あぁ、やぁ、……っ」

指の腹でそっと撫でられているだけなのに、女のような声が漏れてしまう。自分のものとはとても思えなかった。声を殺そうとするのに、どうしてもできない。

後ろの孔を弄られているだけなのに、前にまでびんびん響いてしまう。

「ほら、また濡れてきた」

「言わな……って」

震えながら性器が蜜《みつ》を零す。そんな姿まで全部見られてしまっている。

「——結婚したら奥さんにやってやるといい。勿論後ろじゃなくて、前の孔でね。最初から後ろに指入れたら、変態だと思われるぞ」

「あ、あ、あ……！」

なのに、腰が揺れる。どうしても止められなかった。

「何、もっと?」

「ちが……っ、ああっ」

悠史はそう言うあいだにもさらにローションを足し、指を増やして深く抜き差ししてくる。

「やめ、だめ、ああ、死ぬ……っ」

二度目の絶頂を覚え、一唯はそのまま意識を手放していた。

3

あたたかくて、気持ちがいい。しっかりと抱きしめられているのはひどく安定感があって、なんだか安心して深く眠れた気がする。

(ん……?)

抱きしめられて?

ゆっくりと意識が戻ってくる。一唯は瞼《まぶた》を開け、その瞬間視界に映ったものに、心臓が跳ねた。

(叔父さん……!)

悠史の寝顔だった。

一唯は、彼の腕枕《うでまくら》で眠っていたのだった。

それがこんなに気持ちいいとは思わなかった。

昨夜《ゆうべ》彼にされたことが一気に頭に蘇ってくる。身体中にふれられ、キスされて、咥えられたのだ。そればかりか後ろの孔まで弄られて、達《い》かされて。

顔が熱くてたまらなかった。

(こんな顔してるくせに……あんな)

目を閉じて表情が消えると、もともと綺麗な顔立ちが、さらに整って見える。淡い色の髪や睫毛《まつげ》が陽《ひ》の光を弾くのが、神々しくさえ見えた。

こんなに間近で見るのは、何年ぶりだろう。添い寝をしてもらっていた、ほんの子供の頃以来だ。

つい引き込まれるように見つめていると、悠史はまるで狙《ねら》ったように目を開けた。

「おはよう。一唯」

微笑《ほほえ》みかけられて、一唯は反射的に目を逸らした。さらに追ってくる視線を避けて、布団に潜り込む。あんなことをされたあとで、とても彼の顔など見られたものではなかった。

そもそも、いったいなんでこんなことに？　セックスを教えてくれるというのは、悠史が女性の役をやってくれるものだとばかり思っていたのに。

「一唯？」

いつまでも布団に潜っているわけにもいかず、しかたなく目だけを出せば、悠史のやわらかな瞳とぶつかる。

「……顔が赤いね。熱でもある？」

ふれられるとまた体温が上がる気がした。一唯は頭を振ってその手を外させた。

「……セックスがあんなに恥ずかしいものだったなんて、思いませんでした……」

ぼそりと呟く。すべてくまなく身体を見られたことも、みっともなく反応して喘《あえ》いでしまったこともだ。

「……あんな恥ずかしい思いを、妻になる人にもさせるなんて」

考えただけでも可哀想で、とてもできないと思う。なのに悠史は、

「でも気持ちよかっただろ？」

などと言うのだ。

二回も射精していてはさすがに否定できないが、頷くこともできず、ただぼそりと悪態をつく。

「……変態」

「ええ？」

人がどれほど恥ずかしかったと思っているのか。秘められているべき場所に注がれる、悠史の視線——痛いようなあれを感じることが快感になるなんて、とても信じられなかった。

「なんだって？」

悠史は一唯の呟きを聞き漏らさなかった。

素早く布団を捲《めく》り上げてくる。一唯は慌てて再び被《かぶ》ろうとしたが、間に合わなかった。布団の中に潜り込んできた悠史は、一唯の脇腹をくすぐってきた。

つい笑い声が出てしまう。逃げようとしたが押さえ込まれ、脚をからめとられて、できなかった。

「ひゃ、やめ……っちょっ」

いやらしい意図などないことはわかっているのに、なんだか妙な気持ちにさえなって。

「あ……っ」

その頃になって、ようやく悠史はくすぐるのをやめてくれた。一唯を見下ろして、囁く。

「可愛かったよ」

……可愛い？

（あんなのが？）

汗と涙にまみれて、きっとずいぶん見苦しい顔をしていたと思うのに。

そう言われると、なぜだかますます顔が熱くなってくる。そもそも一唯は「可愛い」というタイプではない。

「……嘘でしょう」

「本当だって。本当に凄く可愛かった。いろんな表情が見られて嬉しかったよ。——いつもは、あまり気持ちを顔に出さないから」

「それは……」

いずれ真名部の総師になる身として、感情をあらわにすることは避けるべきだと教えられてきたからだ。なのに、悠史とここへ来てから、それが崩れはじめている。

「セックスってどういうことすると思ってたの」

「どういうって」

「言ってみて」

「……だから、……挿入するんでしょう。……中に……」

そう口にしただけでまた頬が熱くなる。

「それだけ？」

「……その……し……射精したり。……っ、あなた変なこと言わせて楽しんでるでしょうっ⁉」

「いやいやまさか、そんなこと」

と言いつつも、悠史は楽しそうだ。

「まあ、間違ってないけど、それだけじゃな。いろいろさわったり、言葉でコミュニケーション取ったりしないと」

……そういえば、たしかにそんなこともしていただろうか。あちこちキスしたり、乳首を舐めたり。

——可愛い。ほんとに可愛い
思い出すと、そんな囁きまで一緒に耳に蘇る。乳首を吸われたときの感触が、そこに蘇ってくるような気がする。

目を逸らせば顎を摑まれ、唇を奪われた。

「あ……朝からこんな」

「夫婦なら、朝はキスで起こすのが当たり前だろ？」

「夫婦……!?」

「パートナーだと思えって言っただろ？　セックスの技術だけ向上しても、コミュニケーションが上手くいかないとしょうがないんだからね。せっかくだから、夫婦生活の予行練習を楽しめばいい。新婚ごっこだと思ってね」

「新婚ごっこ……!?」

「そうだよ」

「んっ……」

……なんだかだまされてるような気がしないでもない。そう思いながらもおとなしくなると、またキスが降りてきた。

何度か啄《ついば》み、このまま昨日みたいに深くなるのかと思えば、名残《なごり》を惜しむように離れていく。なぜだか物足りないような気持ちになる。

「さ、朝ご飯に行こうか」

と、悠史は言った。

悠史の車でブランチを食べに行き、帰りに買い出しをして別荘へ戻った。

買い物のメインは食材だったが、子供の頃好きだった菓子を買ってもらったり、アウトレットモールに寄り道してウィンドーショッピングをしたり、休憩と称して喫茶店でコーヒーを飲んだりもした。

何をしに来たのかわからなくなりそうだったが、それを言えばまた、

——そんなに早くやりたいの？

などと突っ込まれそうで、一唯は黙っているしかない。

両手いっぱいに提げてきた食材を整理すると、他愛もないことで大騒ぎしながら、夕飯の準備にかかる。

このあたりには美味しいレストランも多いが、一唯の母が生きていた頃からの家族の伝統というか、やっぱりここでは自炊がしっくりくる。悠史も最初からそのつもりだったらしい。

「……料理なんてできたんですね……」

悠史が意外と料理が得意で、しかも厭わないことに、一唯は少し驚いていた。

「ひとり暮らしも長いからね。君は……、本家の総領息子ができるわけないか」

「すみませんね」

一唯はこうして並んでキッチンに立っていても、たまに指示されたものを出してくる以外はほとんどその手許を見ているだけだ。

「ま、兄さんも何もできなかったしな。何から何まで義姉さんがやって——あの人はお嬢さん育ちだったにもかかわらず、料理上手だったよな。別荘に来たときは勿論、家にいるときもメイドには任せずに、家族の食事はだいたいつくってたし」

悠史は野菜の皮を剝《む》きながら、懐かしそうに思い出話をする。

「たまには俺も手伝ってたんだけどね。兄さんがいい顔しないから、いないときだけだったけどさ」

そういえばそうだった、と一唯は思い出す。彼は、生《な》さぬ仲の父よりはずっと母と仲がよかったのだ。

（本当の姉弟のようっていうか、それ以上っていうか……）

そう思うと、なんとなく不愉快なのは、どうしてなのだろう。

「結婚相手の女が料理できるかどうかはわからないけど、もしつくってくれるような人なら、手伝いくらいはしたほうがいいぜ」

「そうします」

「って言っても、縦のものを横にもしたことないいんじゃ、かえって邪魔になるレベルかもしれないけどな」

「失礼な……！　私だって皮剝きくらいならできますよ」

貸してください、と一唯は悠史の手から包丁を奪い取った。もう片方の手には、洗ったジャガイモを持つ。

（……たしかジャガイモの皮剝きは、家庭科でやったはず）

しかし習ったことは覚えていても、具体的な内容までは覚えていない。

（いや、でもこの皮を包丁で削り取ればいいだけなんだから）

ちょっと違うような気もするが、一応原理はわかっているのだから、できるはずだ。

一唯はともかく刃先を皮に当て、包丁をすべらせた。

「わ、ばか、そんな持ちかたで……！　ああっ！」

声をあげたのは、悠史のほうだった。同時にぱっと鮮血が散る。切っ先はみごとにすべり、一唯の左人差し指を直撃したのだった。

「おま、だから言わんこっちゃない……！」

悠史は一唯の手を取り、水道水で洗い流すと、キッチンペーパーでくるんで居間へ引きずっていく。

「こ、こんなのたいしたことな……」

大げさな対応に戸惑い、言い募ろうとした言葉はすぐさま遮られた。

「だめだ！　黴菌《ばいきん》が入ったらどうするんだ！」

救急箱から取り出した消毒液で消毒され、絆創膏《ばんそうこう》を貼《は》られる。ぱっくり切れたとはいえ、傷自体は本当にたいしたことはないのだ。

「……これ、傷が残んないといいけどな」

そこまで終えるとようやく落ち着いたらしく、悠史は言った。

「傷って……男の指に傷が残ったからって」

いったいどうだというのか。

「うん。でもせっかく綺麗な肌なんだからさ。大事にしないと」

綺麗って。

たいした意味もなく言った科白なのはわかっているのに、なんだか頬が火照る。

（そうだ……一応、お礼ぐらい言っておかないと。手当と……心配もしてくれたし）

そう思い、一唯が口を開きかけたときだった。悠史が言った。

「まったく、義姉さんの子だっていうのに不器用だねえ」

その途端、謝意を述べかけた唇が固まる。

（……なんで）

自分でもよくわからなかった。

「すぐできるから、それまで休んでろよ」

悠史はそう言って一唯の頭を撫で、キッチンへと戻っていった。


（それがどうしてこんなことに）

悠史がつくってくれた夕食を二人でゆっくりと食べて、すっかり満足した小一時間後、一唯は彼とバスルームの脱衣所で対峙《たいじ》していた。

「怪我《けが》をしてるんだから、一人じゃ入れないだろ？」

「入れますよ……っ、これくらいの怪我……！」

「大事を取るにこしたことはない。こんな場所で傷が悪化したらと思うと気が気じゃないんだよ」

本当に心配そうな顔で言われると、言葉に詰まってしまう。

一唯が黙ると、悠史はにっこりと笑った。そして満面の笑みでTシャツに手を伸ばしてくる。一唯は思わずそれを制した。その下はすでに先刻脱がされたままで、何も身につけてはいない。Tシャツを脱げば全裸になってしまう。

「脱がないと入れないだろ」

「じ……自分で脱げます」

「じゃあ脱いで」

促され、一唯はしかたなくTシャツの裾に手をかけた。けれどもそこで手は止まり、引き上げようとしたはずの布をぎゅっと握りしめてしまう。

裸なら昨夜も見られてしまっているとはいえ、明るい脱衣所で脱ぐのはやはり違った。

「どうしたの」

「……悠史さんは脱がないんですか？」

苦し紛れに問えば、

「君が脱がせて」

「私が？」

「夫婦なら、お互いに脱がし合ったっていいだろう？」

そうだろうか。そういうものなのだろうか。

よくわからなくて反論できず、また自分だけが脱ぐよりはずっとましだということもあって、一唯はそろそろと悠史のシャツに手をかけた。

ボタンを外そうとして、指が震える。何度か失敗しながら、それでもどうにかすべて外し終え、襟元を摑んで肩まではだけさせると、悠史の厚い胸があらわになった。

それが視界に飛び込んできた途端、心臓が大きく音を立てる。

考えてみれば、物心ついてから、悠史の身体を見るのはこれが初めてのことだった。昨夜は、彼はバスローブを脱がないままだった。

（……こんなに逞《たくま》しかったっけ？）

着やせするタイプなのだろうか。肩幅の広い逆三角の身体に、バランスよく筋肉が乗っている。均整の取れた綺麗な身体つきだった。

（……って、男の身体が綺麗だなんて）

こんなふうに思うのは、少しおかしいんじゃないだろうか？

「どうかした？」

怪訝《けげん》そうに問いかけられ、一唯ははっと目を逸らす。

「べ……別に」

「見たければ見ればいいのに」

「な、べ、別に見たくないですから……！」

「あれ？　図星？」

思い切り否定したのに、悠史はそんなことを言って笑った。

一唯が故意に顔を背けているにもかかわらず、彼はこれ見よがしに上着を脱ぐ。ちらっと――ほんの少しだけ視線を向ければ、しっかりと筋肉の乗った腕が目に映って、慌ててまた背ける。下も脱ぐ気配がする。

「一唯。Tシャツから手を離して、万歳して」

子供に言うような口調にむかつきながらも、なんだか懐かしさも覚える。昔はこんなふうに言われて素直に脱がしてもらって、風呂に入れてもらったことだってあったのだ。

一唯は固まったような指をシャツから離し、そろそろと両手を上げた。その途端、シャツを剝かれたかと思うと、ふわりと抱え上げられる。

「ちょっ……」

いわゆるお姫様抱っこというやつだ。

「お、下ろしてください……っ！　悠史さん……‼」

「どうして？　君は奥さんが力持ちだったら嫌なの？」

「は……っ？」

そんなことはないけど。というか、妻が力持ちである可能性など考えたこともなかった。

（いや……）

そもそも、妻となる女性のイメージを具体的に思い描いてみたことが、これまであったのだろうか？

湯気に薄く曇る浴室には、温泉のような大きなまるい浴槽、広い洗い場の奥の窓から、月明かりに照らされた雑木林が見える。

シャワーで簡単に身体を流すと、向かい合って浴槽に浸かった。

はあ、と息を吐く悠史は気持ちよさそうだ。一唯もたしかに気持ちはよかったが、リラックスするどころではなかった。鼻まで湯に浸かったまま、顔を上げられない。

同性の、しかも子供の頃は何度も風呂に入れてもらったこともある血のつながった叔父と入浴するのでさえこんなにも恥ずかしいのに、女性と入れる日が本当に来るのだろうか。

「おとなしいね、一唯」

と、悠史は言った。

「子供の頃は、一緒に風呂なんか入ったら、ずいぶんはしゃいでたのに」

「……もう大人ですから」

憮然と答えながら、さっきのことといい、もしかして自分はこの人にとってはまだ子供なのだろうかと思う。だとしたら、なんとなく悔しい。

悠史はふいに言った。

「ねえ、一唯。背中流してあげようか」

「え？　……いえ、私は」

「せっかくの奥さんの申し出を断るの？　いけないいな、女性に恥をかかせては」

「あなたのどこが女性ですか……！」

理不尽な科白に反発するが、悠史は動じない。

「夫婦として過ごすって言っただろ？　今は君の妻のつもりだけど」

「妻って……」

呆然と鸚鵡返《おうむがえ》しにする。今だけのこととはいえ、悠史が自分の妻。

（……なんだか暑い）

のぼせてしまいそうだった。そういえば、もうずいぶん長く湯船の中にいるのだ。

「恥ずかしい？　もう君の身体なんて昨日隅から隅まで——わっぷ」

デリカシーの欠片《かけら》もない言葉を吐く悠史に、思わず両手で湯を掬《すく》ってかける。

そして彼の視界を塞《ふさ》いだ隙《すき》に湯船から出て、バスチェアに座った。前の部分はタオルをかけてガードする。正面の鏡は幸いにして湯気で曇っていた。

「ふーん？」

人の悪い笑みを浮かべながら、悠史も浴槽から上がってきた。彼は一唯の後ろで膝立ちになり、スポンジにボディシャンプーを垂らした。

一唯の背中をこすりはじめる。そのやわやわとした感触に、なぜだかぞくぞくしてしまう。洗われているだけなのに、妙な気持ちになってしまいそうだった。

「も、もうい……」

止めさせようとした瞬間、スポンジは背中を離れた。かわりに腕を持ち上げられ、手から腕の付け根、脇へとすべらされる。

「……あっ……！」

それが乳首を掠《かす》め、小さく声が漏れた。

「悠史さん……！」

「どうしたの、痛かった？」

怒ろうとした瞬間そう問われ、矛《ほこ》を収めかけるけれども。

「いえ、でも、……あっ、そ、そこは」

再びこすられ、これは絶対わざとだと確信するに至る。

（しらばっくれて……！）

「……悠史さん……っ！」

「何？」

「か……身体を洗うんでしょう？……破廉恥な真似《まね》はやめてください……！」

「破廉恥？　破廉恥ってこういうこと？」

「ひあぁっ……！」

くるくると円を描くように、乳首の上をスポンジで撫でられる。

「悠史さん……っ」

「妻が乳首にさわったら怒るの？」

「はしたないことをしたら怒ります……っ」

「はしたない？　夫婦なのに？」

そんなことを奥さんに言ったら傷つくよ、と悠史は笑った。

「新婚さんが一緒に風呂に入って背中を流すって言ったら、それだけで済むはずがないだろう？　一唯はまるでわかってないね。予行練習に連れてきて本当によかったよ」

そう言われると、ぐうの音も出なかった。

やわらかくて、ふれるかふれないかの、指とはまるで違う感触。止めさせるつもりで悠史の腕を摑んだはずの手から、力が抜けていく。

悠史は、膝にかけたタオルの上から一唯の性器をつまんできた。

「あぁ……っ」

いつのまにかそこは、ふれられもしないうちから頭をもたげていたのだった。

「先っぽ、ぬるぬるするね」

「嘘……っ」

「本当だって」

「やぁあ……っ！」

湿ったタオルの上から亀頭を撫で回され、悲鳴のような声が漏れる。乳首を軽くスポンジで撫でられただけで濡れたのか、たしかにぬるりとした感触があった。

「やめ、手、離し……っ」

手でじかにこすられるのとはまるで違うざらつく感触に、肌が粟立《あわだ》つ。漏れてくる先走りを塗り広げられ、集中的に揉《も》まれれば、びくびくと身体が跳ねた。

「や、あぁ……あぁ……っ……」

「手、離して欲しい？」

こくこくと頷く。

「じゃあ離してあげるよ」

先端を弄っていた手が離れる。一唯は一瞬の物足りなさのようなものを感じたが、それで終わりではなかった。

悠史は、一唯の股間を隠していたタオルをさっと取り去ってしまう。途端にぴんと張り詰めたものがあらわになった。

「や、やだ……っ」

「隠してたら洗えないだろ？」

「や、そんなところ自分で……っ」

「奥さんが洗ってあげるって言ってるのに？」

「でも……っ」

「奥さんは、君のココにさわれる一生にただ一人の人なんだろう？」

「……っ」

その言葉が引っかかる。

生涯、妻としかセックスしない――それはたしかに一唯の意思だった。なのに、なぜだか頷けない。

「……今、あなたがさわってるじゃないですか……」

「これはレッスンだからね。ノーカウントだ。そうだろ」

「……」

（……ただのレッスン）

スポンジを持った手が近づいてくる。

「……っ……」

やわらかく泡にまみれた表面を局部に当てられ、一唯は息を呑んだ。乳首にされたのと同じように円を描くようにすべらされ、ぞわぞわと震えが止まらない。

「……はっ……あ……あ……っ」

背中を反らす。頭が背後にいる悠史の胸のあたりにこすりつけられる。姿勢を正そうとしてもできずに、いつのまにか凭《もた》れかかるようになっていた。

悠史は一唯の反り返ったものを左手で支え、緩く角度を変えながら、ていねいにスポンジでこすっていく。

「あぁ……はあ、んあぁぁぁ……っ」

「そんなに感じちゃうんだ？　洗ってあげてるだけなのに」

洗ってるだけ？　これが？

ありえない。悠史は明確な意図を持っていやらしいことをしている。なのにそんなふうに言われると、自分が特別淫らであるかのように思われてひどく恥ずかしかった。

「裏側も洗えるように、両脚を抱えてごらん。——背中、俺に寄りかかってかまわないから」

「え……っ」

「そうじゃないと洗えないだろ。何勘ぐってるの？」

そのほうがいやらしいよと囁かれると、抵抗してはいけないような気がして。

促されるまま、一唯は背を悠史に預け、両手で膝の裏側を摑んだ。そしてそろそろと腹につくような格好で折り曲げていく。

「そう——よくできたね。凄い、やらしい格好だ。見てごらん」

「え……っ？」

羞恥《しゅうち》のあまりずっと伏せていた目を開ける。そして呆然とした。湯気で曇っていたはずの鏡が、なぜだかすっかりクリアになっていたからだ。

（どうして）

曇り止めの表示が点灯していることに、はっと気づく。いつのまにか悠史がスイッチを入れていたのだ。

（恥ずかしい、恥ずかしい、こんな格好……！）

後ろから覗き込まれているだけでも恥ずかしかったのに、鏡には一唯のすべてが映し出されていたのだ。

上気したいやらしい表情も、紅く尖《とが》った乳首も、泡にまみれて反り返った性器と陰嚢《いんのう》、その下の窄まりまでだ。

「や……っ」

「だめだよ。閉じたら洗えなくなる。そのまま見えるようにしてて」

「……っ」

嫌なのに、凄く恥ずかしいのにどうして命令を聞いてしまうのだろう。

(何をやってるんだ、私は……)

蜜があふれて泡を流していく。あからさますぎる反応を止めたいのに、どうにもならなかった。後孔がじわじわ疼《うず》き出し、開閉しはじめる。そこで快感を覚えたといっても、経験したのはただ一度だけのことだったのに。

その部分へスポンジがふれてくる。

「や……あぁぁん……っ」

後孔の表面をこすられるだけでもずきずきするくらい感じた。下腹まで響いて、孔だけでなく直腸まで引き絞っていくのが自分でもわかる。

(ああ……どうして……)

スポンジは何度も孔をこすってから移動する。袋へ、陰茎の裏へ。

「やめ、もう、やめてくださ……っ」

これ以上されたら、我慢できなくなる。

「だめ、それ、だめ……っ、あぁぁ……っ」

「一唯、……目を開けて、自分のいくところを見てごらん」

「や……っ」

一唯は首を振るけれども。

「ほら、奥さんのリクエストだよ」

と、悠史は囁いてくる。一唯はそろそろと瞼を開けてしまう。

「ああ……っ」

その瞬間、裏筋をこすり上げられる。自分のものがいやらしく白濁を噴き上げるのを、一唯はたしかに直視してしまった。

4

（……気持ちいい）

なんだかとろとろと蕩《とろ》けてしまいそうに気持ちがいい。唇にふれるやわらかいものを、一唯は懸命に追い続けた。

（え……唇……？）

そこではっと目を覚ます。

「おはよう」

瞼を開けるとすぐ傍《そば》に悠史の顔があって、一瞬で目が覚めた。彼はすでに普段着に着替えて、ベッドに座っていた。

風呂に入ったあとの記憶がないが、もしかしてあのあと、そのまま眠ってしまったのだろうか。……というか。

「い……今の」

「起こしてあげたんだよ？」

――夫婦なら、朝はキスで起こすのが当たり前だろ?

(……って言ったって……)

それにしては濃厚すぎはしなかっただろうか。舌の感触さえまだ残っているかのように思えるのに。

「言っておくけど、せがんだのは君だよ」

一唯の心を読んだように、悠史は言った。

「私が……!?」

「軽くキスしてすぐ離そうとしたら、追ってきてねえ。そうなると、据《す》え膳《ぜん》食わぬは……ってことになるだろ」

「……私が眠ってたから覚えてないと思って、適当なこと言ってませんか?」

「まさか。夫婦のあいだで嘘はなしだよ」

じっとりと睨《にら》むと、笑って顎を捉《とら》えられ、またキスされた。何度か軽く啄まれ、次第に深くなる。

「ん……」

さっきまで夢うつつに味わっていたのと同じキスだった。舌を入れられ、からめとられると、ぼんやりと頭に霞《かすみ》がかかったようになる。気持ちよくて、もう何もかもどうでもよくなってくる。

「……やらしい顔してるね」

と、悠史は言った。

「……してません」

「セックスしたい？」

「べ、べつに……っ」

「そう？　俺はしたいけどな、君と」

（——……私と？）

「ああ、そうだ。君から俺を誘ってみて」

軽く言われた科白だったが、一唯は狼狽《ろうばい》した。

「な——なんで私が」

「結婚したら、毎回奥さんに誘わせるつもり？」

これも予行練習ということか。たしかに毎回女性から誘わせるわけにはいかない——というか、普通はなるべく男から誘うべきではないか。

（たしかに今のうちに練習しておくべき……）

さあ、と悠史は促してくる。

一唯はごくりと唾《つば》を飲み込み、唇を開いた。

「せ……セッ……しませんか」

その途端、悠史は噴き出した。

「わ……笑うことないでしょうっ」

「ごめんごめん。俺は可愛いと思うけど、女性に対してそれはちょっとね」

まああたしかにそう言われてみればそうかもしれないが、噴き出すのはひどいと思う。悠史はさらに促してくる。

「――もう一回」

「もう一回!?」

一唯は思わず声をあげた。

「なんて言えって言うんですか……!?」

「もっといろっぽく、ロマンティックに」

「いろっぽく……? ロマンティック……!?」

どうしろというのか。ロマンティックなのは女性の好みかもしれないが、夫に色気が必要なのか?

けれども回想してみれば、たしかに行為を仕掛けてくるときも、その最中も、悠史は妙にいろっぽい。

(……でも、どうやったらあんな色気が出るかなんて)

「そんなの、どうやって」

「甘く愛の言葉を囁くとか」

「はあっ？」

また声をあげてしまう。

(愛の言葉ってどんな。——愛してる、って言えばいいのか……!?)

練習だとわかっていても、悠史の顔を見ていると、とても口に出すことができない。

——可愛い
ベッドをともにしたときの、彼の囁きを思い出す。

「あの……」

頭から湯気を立てそうになりながら唇を開きかけた瞬間、ぐううっと腹が音を立てた。

あまりのタイミングに、一唯は真っ赤にならずにはいられなかった。

悠史は再び噴き出した。

「そうだよね、お腹空《なかす》くよね。もう昼だし」

「……っ、今のは」

言い訳をしようとする暇もなく、悠史はもう一度軽く一唯にキスすると、抱いていた腕を外した。ベッドから下りる。

「朝ご飯できてるよ。顔を洗ったら下りておいで」

と、彼は言った。

一唯が身支度を整えて階下へ降りると、悠史が朝食を用意してくれていた。

オムレツにロールパン、サラダというごくシンプルなメニューだったが、一口食べてみて、一唯はふと手を止めた。

(この味……)

「どうかした?」

悠史がそれに気づいて問いかけてくる。

「美味しくない?」

「いや、美味しいです……けど」

ただ美味しいというのでなく、何か引っかかる。昨日の夕食のときにも、そういえばうっすら感じたことだったのだが、昔食べたことがあるような……懐かしいような……?

「懐かしい?」

悠史が問いかけてきたのは、まさに一唯がそう思ったときだった。

「え」

「だったら成功だな。そのオムレツ、義姉さんの味を出そうと思ってけっこう苦労したんだ」

「あ……」

言われて、ようやく気づいた。母が生きていた頃によくつくっていたものと、同じ味がするのだ。

一唯は子供だったせいか、母がどんな料理をつくっていたか、あまりたしかな記憶はない。けれどそれでも、舌は覚えていたようだった。

(母さんの味……)

種明かしを聞けば、急速に思い出が蘇ってくる。母が生きていた頃は、しょっちゅうこのチーズと細かい具がたくさん入ったあたたかいオムレツや、手製のフレンチドレッシングのかかったサラダが朝の食卓に並んだものだった。

「懐かしい……また食べられるとは思わなかった」

「そ?」

悠史はにっこりと笑った。

「でも、どうしてあなたが?」

「俺も義姉さんの手料理が懐かしくてね。ひとり暮らしするようになってから、記憶を頼りにいろいろ試行錯誤してみたんだ。レシピもないからなかなか上手くいかなかったんだけど、やっといくつかは再現できるようになってね」

ないかと思う。

もう二度と味わえないと思っていた母の味を口にできて、嬉しかった。こんなことでもなければ、永遠に忘れてしまったままだっただろう。きっと母も草葉の陰で喜んでいるのではないかと思う。

「……へえ……」

なのに、なぜだか胸がちりちりする。

（……どうして、こんな）

「ごちそうさまでした」

もともとさほどの量はない朝食はまもなく食べ終わり、手を合わせる。

「……あ、私が洗います」

食器を片づけようとする悠史に、一唯は声をかけた。

家で家事などやったことがなかった一唯には、これまでなら思いつきもしなかったことだ。だが昨日も悠史が何もかもやってくれたし、洗い物くらいは自分がするのが理にかなっていると思う。幸いにして指の傷ももう塞がっていた。

（新婚ごっこなんてばかばかしいと思ったけど……）

こういうふうに、日々の生活について学ぶという点では意味があったのかもしれない。

「……え？」

だが、悠史は目をまるくして振り向いた。

「今、なんて言った？」

「何って……洗い物しましょうかって……、なんでそんなに驚くんですか⁉」

「いやいや、ただちょっと」

彼は笑って取りなそうとする。そして感慨深げに吐息をついた。

「君がそんなことを言えるようになるとはね……」

「なんですか、それは……！　少しは手伝ったほうがいいって、昨日あなたが言ったんでしょう⁉」

「まあね。一唯は本当に覚えが早いね。さすが真名部の跡取りだけのことはある」

えらいぞ、と言いながら、頭を撫でてくれる。

そのてのひらの感触に軽く目を閉じつつ、あまり素直には喜べない気が一唯はしていた。

たしかに覚えは早いほうだし、学校の成績などもずっとトップクラスで問題はなかった。

仕事にもそれなりの自信はある。

だが、自分は真名部のような大きな企業グループを統括する器ではないのではないかとは、ずっと感じていた。具体的に言えば、融通がきかず、考えかたに柔軟性がないのだ。同じタイプの父を見ていても思う。そういう人間は、企業のトップとしては問題があるのではないかと。

まるで逆のタイプである悠史が統括するハーベスト系列だけが、停滞している真名部グループの中でも一人気を吐いていることは、その証左であるような気がしている。

一唯が会社のための結婚に異議を持たないのは、跡取りの責任として、そういう欠点をできるだけ補える決断をするべきだと考えているからでもあった。

「子供あつかいはやめてください」

実際、図体もそれなりに大きいし、そういうあつかいを受けるような歳でもない。一唯が軽く頭を振ると、悠史は笑った。

「そうだよな。結婚を真剣に考えるくらいの歳になったんだもんな。——じゃあ、かたちから入ろうか。昨日モールでいいものを買ってきたんだ」

洗い物にも「型」があるのだろうか。しかしながら一唯の性格的に、「かたちから入る」こと自体に否やはない。

悠史が寝室へ、その何かを取りに行っているあいだに、一唯は使用済みの食器を流しへ運んだ。そしてとりあえず腕まくりをしていると、ふわりと頭から何かを被せられた。

「……？　エプロン……？」

「そう。台所に立つときは、エプロンぐらいはしないとね」

言いながら、背中のリボンを結んでくれる。

「でも、これ……」

そういえばたしかに、先刻までは悠史もエプロンをつけていた。とはいえそれはシンプルな黒い帆布製のもので、今一唯に着せられたものとはまるで違う。

見下ろせば、白い胸当てに、縁には白いひらひらとしたフリルまでついている。

こんなものを悠史はわざわざ買ったのだろうか。というか、いつのまに……！

「かたちから入るって言っただろ。新婚さんだから、これくらいはしないとね」

「でも」

「奥さんが自分の趣味で選んでくれた服を、君は嫌がるの？」

「趣味……⁉　これが？」

「どんな服でも愛する人の趣味だよ？　君はちょっと我が強いから、折れる練習をしておかないと」

そう言われると弱かった。何かがひどくおかしいような気がしながらも、一唯はリボンを結ばれるままになる。

「ついでにこれもね」

続いて差し出されたのは短パンだった。

「なんで洗い物をするのにズボンまで替えないといけないんです……⁉」

「そのエプロンにそのズボンは合わないからね」

そうか？　そうだろうか？　似たようなものに思えるが、よくわからなかった。

基本的に、一唯には服装のセンスはない。いつもきっちりとしたスーツスタイルで決めていてほめられることも多いが、要するに型を守っているだけなのだという自覚はあった。それを少しでも外れると、いいのか悪いのかよくわからない。

「それに、脚が見えるほうが、俺が嬉しいから」

「はあっ？」

男の脚なのに？

「さあ早く」

促され、上手く頭が働かないまま、ズボンに手をかける。自棄《やけ》になって引き下ろす。幸いにしてエプロンで下着は隠れている。そして手早く短パンに穿《は》き替えた。

「こ――これでいいですか」

こんなものを穿くのは、小学生の頃以来ではないだろうか。

「うん。凄く可愛いよ。このまま食べたいくらいだ」

ぺろりと頬を舐められて、一唯は絶句した。

「……。…………」

エプロンの裾をできるだけ引き下ろして、目を逸らす。そしてくるりと流し台のほうへ向き直った。

（――どうせ洗い物が終わるまでのことだ）

終わったらすぐに元の服に着替えなおせばいい。

結局、根本的解決とはほど遠いところに着地し、一唯はスポンジを手に取った。もう片方の手で洗剤を握り、振りかける。

「わあっ」

その途端、悠史が声をあげた。

「え？」

「かけすぎ！　泡だらけになっちゃうだろ。ちょっとでいいんだよ」

悠史の指導に従い、洗い桶に浸けた皿をていねいに洗っていく。コツがわかればたいして難しいものではなく、初めての作業が面白くなってきた。汚れが落ちると、食器がキュッキュッと音を立てるのも楽しい。

「……ひぁっ……！」

慣れてきたはずの作業で思わず皿を落としそうになってしまったのは、ふいに悠史が尻を撫でてきたからだ。

「ちょ、」

「新婚さんだろ。これくらいで驚いててどうするよ？」

言いながら、背中から抱きしめてくる。それだけで心臓が跳ねた。なぜだかそのまま、鼓動が収まらない。彼の手がふれている腹のあたりがひどく熱かった。

（……なんだか……）

中まで伝わるほどぞくぞくする。昨日の行為を思い出してしまう。

(……一晩で身体が覚えるなんて、……そんなこと)

「——放してください」

とにかく手を放させなければと言ってみるけれども、

「どうして?」

と、うなじにキスされるばかりだ。

「……っ邪魔ですから」

「違うだろ?　邪魔っていうのは、こういうことだろ?」

「あっ……」

悠史はエプロンとTシャツのあいだに手をすべり込ませてきた。一唯は身をよじるが、放してはもらえない。それどころか胸を撫でる手が、乳首を探り当ててしまう。

「そういう科白は、おしおきして欲しいと見なす」

「は……!?」

指先で粒を押しつぶされ、小さな声が漏れた。

「や、ぁ……っ」

「ここ、すっかり感じるようになったみたいだな」

「そんな……」

ことはない、と言おうとしたが、両手で両方の乳首を捉えられ、指の腹で転がされはじめると、ひとたまりもなかった。

「……あ、……っ」

乳首を弄られているだけなのに、力が抜けていく。膝が崩れそうで、シンクの縁を握りしめて身体を支えなければならなかった。

「気持ちいい？」

一唯は首を振った。

「そ？　すっかり硬くなってるけど」

「んっ……」

ツンと尖ってしまったものを指先で挟み込まれ、さらに育てられる。胸をさわられているだけなのに、その刺激は乳首だけでは済まず、下腹にまでびんびん響いた。

「こ……こんなこと……っ、こんなにしょっちゅうしたら……っ」

練習だから、常態よりは短期間に回数を重ねるべきとはいえ、しすぎなのではないだろうか。そもそも普通なら「溜《た》まったら処理をする」程度のもののはずだ。――そう、三日に一回とか。

「はあ？　何言ってるの」

けれど訴えても悠史は聞いてくれずに、軽く爪を立てながら、首筋を嚙《か》んでくる。軽い痛みはかえって刺激にすり替わる。

「は……放……っ」

(だめだ、勃って……っ)

どうにか収めようとした努力は無駄に終わり、一唯のものは硬く勃起《ぼっき》してしまう。短パンの布に突っ張って痛いほどだった。

「やめっ……」

「やめていいの？　ずいぶん気持ちよくなってるみたいだけど」

悠史は下へと手を伸ばしてきた。

「や……ああ……！」

短パンの上から撫でられて、そのまま達ってしまいそうになった。その部分にはぬるぬるとした感触があり、すでに先走りが漏れていることを思い知らされる。

「乳首だけでこんなになっちゃうのか……可愛いね」

うなじにまた軽いキスが落ちる。乳首と、短パンの前立ての部分を同時に弄られ、喘ぎが収まらない。

「このまま短パンの中で出してみたい？」

「そんなわけ……っ」

「そう？　お漏らしするみたいで気持ちがいいかもよ？」

一唯は激しく首を振った。下着も服も身につけたままで射精するなんて、したいわけがなかった。そんなの、本当に粗相をするみたいで。

「このまま我慢する?」

それも限界に来そうだった。だってまだ愛撫は続いている。せめてこの、やわやわと乳首を弄る手を止めてくれたら。

けれどたとえそうしてくれたところで、この身体が収まるとは思えなかった。達することに向かって身体が暴走する。

「じゃあ、脱ごうか」

「！　や……」

寝室でもバスルームでもない、真っ昼間の明るいキッチン——こんなところで、下半身裸になるなんてはしたない——しかも悠史が見ている前でだ。

「どれも嫌だなんてわがままは通らないよ。——選んで」

「うう……」

悠史は突きつけてくる。理不尽に思いながらも、一唯は身体の欲求に抗《あらが》うことができなかった。

そろそろとシンクの縁から手を外し、短パンにかける。しかし力が入らなかった。それどころか、支えを失った身体が崩れそうにさえなって。

「自分で脱げないなら、頼まないと」

「頼む……？」

「脱がせて、って言ってごらん。——ほら」

首を振れば、一度は止まっていた手がまた前立てを弄る。

「あぁっ……」

その途端、また先走りがあふれたのがわかった。

（だめだ、もう）

いきたくてたまらない。我慢できない。子供のように短パンの中に漏らすよりは、まだ。

涙目になりながら、一唯は唇を開いた。

「……脱がせて……」

「いい子だ」

頰にキスされたかと思うと、悠史の手がウエストのゴムにかかる。大きく広げて、下着ごと引き下ろす。

「あ、あ——……！」

その布が性器の先に軽く引っかかり、裏側をこすった瞬間、瞼の裏で何かが弾けた。

「あぁ……あ……ッ……」

茎が震え、先端から白濁が漏れる。

シンクを摑んでいることもできなくなり、一唯は崩れるように床に座り込んでいた。流し台の扉に頭をつけ、荒く息を吐く。

一唯の力が抜けきっているのをいいことに、悠史は下穿きを脚から抜き取ってしまう。

「……いやらしいな」

そして傍に屈《かが》んで言った。

「でも凄く可愛い。しばらくそのままでいるといいよ」

「このまま……って」

上はTシャツを着ているとはいえ、下は辛うじてエプロンで覆われているだけの裸だ。

「新婚の奥さんには、裸エプロンはつきものだろ？」

「じょ、冗談じゃ……っ」

こんな破廉恥な姿で過ごすなんて、冗談ではなかった。

この男はやはり変態なのではないかという思いが頭を過ぎる。怒鳴るのを思いとどまったのは、先日の同窓会で、小嶋が口にしていた科白を思い出したからだ。

——男のあこがれだよな！

一唯にはよく理解できない感覚だが、妻の裸エプロンにあこがれる気持ちというのは、誰にでもあるものなのだろうか？

（——にしても、やっぱり変だ）

何かが間違っていると思わずにはいられなかった。

「……違う」

気がつけば、一唯は低く呟いていた。

「え？」

「何かが違う。——こんなことをしに来たわけじゃないんです」

だが悠史は、へらへらと笑うばかりだ。

「そ？　でもけっこう楽しくない？」

「え」

そう来るとは思わなくて、一唯は一瞬絶句した。

（それは……）

そしてまた乗せられそうになっていることに気づき、はっと我に返る。

「——そういうことじゃなくて……！　私がこんな格好してどうするんですか……！」

「俺が着たところを見たいって？」

「えっ」

そんなことは考えてもみなかった。この長身と肩幅でひらひらしたエプロンが似合うとはとても思えない。けれども改めて言われてみると、

（……でも見てみたいかも）

という気がしてくるのが不思議だった。一唯は初めて、あのときの小嶋の気持ちがわかったような気がした。

させられたのだから、逆に要求してみてもいいはず。

そう思い、唇を開きかけたときだった。一瞬早く悠史が言った。

「案外変態だったんだな」

「違いますっ……！」

一唯は反射的に言い返してしまう。

（……失敗した）

これでは悠史に着てみろとも言いにくくなってしまった。

「——と……とにかく、今までいいようにまるめ込まれてきたけど、私はあなたの奥さんあつかいされたり、裸エプロンで襲われたりするために、休みを返上してこんなところまで来たわけじゃないんです……！」

「へえ……？　じゃあなんのために？」

「なんのためって、だ……だからセッ……——と、とにかくこれじゃなんの練習にもなってないじゃないですか⁉」

「そうかな？　セックスならしてるじゃないか」

「で、でもあれじゃ……」

一方的に弄られるだけだ。される側の感情や感覚はわかったが、それだけではどうしようもない。

「不満なんだ？」

「当たり前です……！　あなたにいいようにされるだけじゃ……」

新婚ごっことはいっても、実質に振られているのは新婦の役割だ。これではレッスンになっていないのではないか。

「……なるほどね。逆がやりたいわけだ」

「……」

一唯は頷いた。そうだ。最初からそうしたかったのだ。できると思ったから、ここまで来たのに。

「わかった。いいよ。休暇も明日までだしね」

悠史は、あっさりとそう言った。

その言葉が思いのほか一唯の胸に突き刺さる。

（休暇も明日まで——わかっていたことなのに）

一唯の動揺も知らず、悠史は続けた。

「じゃあ改めて、今から俺が奥さんの役をやるから、君は旦那《だんな》様だ。ＯＫ？」

一唯は頷いた。

「今までの経験を生かして、うんとやさしくしてくれるはずだよね。期待してる」

「……努力します」

「じゃあ、とりあえず風呂に入ろうか」

「えっ？」

「汚れちゃったし、入りたくない？」

そう言われてみれば、たしかに下半身はどろどろになってしまっている。洗濯も掃除も必要だが、風呂にも入りたかった。

（でも、今、たしか「——入ろうか」って……）

おそるおそる見上げれば、にっこりと彼は笑みを浮かべる。

「勿論、一緒に入ってくれるよね？」

「またですか……⁉　どうして……っ」

もうとっくに指の傷は治っているのに。

「そりゃ夫婦だからさ。君は奥さんに『一緒にお風呂に入りましょう？』って誘われたら、断るの？」

「——それは」

「昨日何を学んだんだい？　女性に恥をかかせたらだめだろう？」

一唯は言葉に詰まる。

またなんだかだまされているような気がしながらも、

「さあ」

手を差し出されれば、それを取るしかない。悠史に引き起こされ、一唯は立ち上がった。


そして小一時間後、一唯はベッドに寝かされていた。

昨日と同様、風呂でいろいろされて、すっかりのぼせてしまったからだ。

頭には氷水で絞ったタオルが載せてある。いつのまにか眠っていたようだが、いつ眠ったのかは記憶になかった。

カタカタという小さな音に薄く目を開ければ、ベッドの傍のテーブルで、悠史がノートパソコンを広げていた。

眼鏡をかけた姿は初めて見る。なんだかひどく知的に見えた。先刻まで一唯の身体を弄り倒していたのと同じ男とは思えないほどだ。本当に、あそこまですることはないだろうに。

思い出すと羞恥が蘇り、また体温が上がりそうだった。

（……仕事してるのか）

悠史もグループ中枢の人間として、ずいぶん忙しい身の上なのだ。この週末、身体を空けるために一唯自身も苦労したけれども、悠史はそれ以上に無理をしてくれていたのかもしれない。

(……私のために)

悠史はなぜこんなことにつきあってくれるのだろう。一唯の最初の性の手ほどきを手伝ってしまったという経緯からの、いわば「乗りかかった船」だから?

いいように遊ばれているというか、玩具《おもちゃ》にされているような気もするのだが、悠史はゲイでもないだろうに、せっかくの連休を自分のために費やしてくれているのは間違いない。そのことには感謝しなければならないと思う。

(……っていうか、ゲイじゃない、のか……?)

悠史はずいぶんいろんな女性と遊んでいると言われている。普通に考えればゲイではありえない。なのにレッスンとはいえ、抵抗なく男の身体にふれられるのは、もともと遊び人だからなのだろうか。

(——でも)

だったらなぜ彼は、それ以上のことをしようとしないのだろう。

いくら一唯が奥手とはいえ、男同士でも最後までできることは知っている。あまつさえ、最初の夜には後ろの孔も弄られたのだ。

(その……い、挿れたりとかは……?)

悠史はなぜそうしないのだろう。

考えてみれば、そもそも彼は一唯の身体を弄るだけで、自分が快楽を得ようとはまったくしていないのだ。

(……何も感じてないいんだろうか……？　その、興奮とか)

記憶をたぐっても、彼の性器が反応していたかどうか、一唯は思い出せなかった。自分自身が無我夢中で、悠史がどう感じているかにまでは、とても気が回らなかった。

(でも、……したかったら、そうしたんじゃないか？)

そう考えたとき、悠史はゲイではないからそこまでする気にはなれなかったのだ——というのは、妥当な答えだと思えた。

(……対象外、ってこと、か……)

そう思うと、なぜだかひどく心が沈む。

(いや、別にされたいってわけじゃ……！)

一唯は無意識に小さく首を振った。

「ああ、目が覚めたんだ」

そのときかけられた声に、はっと顔を上げる。気がつけば悠史は仕事の手を止め、ノートPCから顔を上げていた。

「大丈夫？」

彼は傍へ来て、ベッドに腰かけた。

「ごめん。のぼせるまでやる気はなかったんだけど、つい夢中になっちゃって。ほんとに悪かったよ」

(夢中に……？　悠史さんも？)

その言葉で、文句のひとつも言ってやろうと思っていた気持ちが急速にしぼんでいくのが不思議だった。

悠史は、額から頬へと手をふれてくる。

「まだ微熱があるかな。──具合どう？」

(……冷たくて、気持ちいい)

「……大丈夫です……」

「お腹空かない？」

「……そういえば少し」

「じゃあ何か食べやすいものでもつくってくるよ」

悠史は、一唯の頭に載っていたタオルを絞って交換すると、額に軽くキスをして立ち上がった。

そしてややあって、彼は土鍋《どなべ》の載ったトレイを持って部屋へ戻ってきた。

つくってくれたのは、鶏肉とネギのスープと、豆腐粥《とうふがゆ》だった。

「はい、あーん」

「じ……自分で食べられます」

「新婚なんだから、これはお約束ってもんだろ。もし看病してくれる奥さんに――」

「……っ、わかりましたよっ」

皆まで言わせず、一唯は口を開けた。手ずから食事をさせてもらうだけのことが、なんだかひどく恥ずかしい。スプーンが口許へ運ばれる。

「熱っ」

「あ、ごめん」

悠史は軽く息を吹きかけて、再び差し出してくる。

「どう?」

「……美味しいですよ」

「いい奥さんになれそうかな」

「悠史さんが女だったら」

そう口にしたとき、ふと一唯は、かねてから不思議に思っていたことを思い出していた。

「……そういえば、悠史さんはどうして結婚しないでいられたんですか？」

真名部の一族として、父からも親戚からも、何度も結婚を勧め――穏便な言葉で言えばだが――られただろうに。

「そうだね。兄さんからは口を酸っぱくして何度も命じられたね。真名部のためにつとめを果たせと」

「なのにどうやって」

「うん？」

悠史はあっさりと答えた。

「どうしてもって言うなら、結婚式の日に失踪するって脅したんだ」

「はあぁっ？」

声をあげたまま、開いた口が塞がらない。

「脅した……⁉　あの父を？」

「というか、脅しじゃなくて本気だったからね。本当に当日失踪されたらダメージは計り知れないだろうし、納得するしかなかったんじゃない？」

「でも」

父が簡単に引き下がったはずがない。口だけでなく、相当な圧力をかけられたはずだった。外堀を埋めて味方をなくし、言うことを聞かなければ左遷や馘首《くび》、ほかでも就職できないようにするなどだ。

「真名部グループにいられなくなったら、外国でバイトしながらバックパッカーでもやろうかと思ってたよ。世界的に考えれば、兄さんの目の届かないところなんていくらでもあるしね」

「そこまでして……」

「――まあ、もし母がまだ生きていて、泣かれたり、人質に取られたりしたなら、俺もさすがに突っぱねられたかどうか怪しかったかもしれないな。身内がいなかったのは、この場合はよかったのかも」

(……身内がいない……)

勿論、悠史が「人質に使われるような」身内がいない、という意味でそう言ったのはわかっている。一唯はこの場合対象外だ。

それでも、その言葉は一唯の胸を疼かせる。

一唯にとっては、悠史は誰よりも「身内」だったからだ。母親は小学生の頃に亡くなったし、父親のことは尊敬してはいるけれども、彼は親しみを持てるようなタイプの人間ではなかった。ただ悠史だけが、叔父というよりは兄のように身近に感じられる唯一の「家族」だったと言ってもいい。――悠史にとってはそうではないことは、彼が家を捨てて出ていったあのときから、わかっていたことだけれども。

そんな思いを振り払い、一唯は続けた。

「……そこまでして結婚したくなかったのは、どうしてなんですか？」

父の命令をはねつけるには、相当な力を要しただろうに。

「す……好きな人でも？」

「気になる？」

「そ——そういうわけじゃ……ただ、……参考までに」

「参考？　縁談を断りたいの？」

悠史は目をまるくした。

「そういうわけじゃありません」

今はまだ何も言われてはいないが、もし縁談が来れば、従うつもりでいることに変わりはない。

「——そう」

悠史は空になった土鍋をトレイに載せる。その伏せた瞳に憂いのようなものが垣間見《かいまみ》えた気がして、一唯はじっと視線で追ってしまう。

「いたよ」

と、彼は言った。

その途端、心臓に何かを突き刺されたような気がした。

（……どうして）

「……その人とは、結婚しなかったんですか」

「結婚できるような相手じゃないからね」

（結婚できるような相手じゃない……）

恋人は男だったとか？　それとも、単に一族が認めないような家柄の女性？　またはすでに結婚している女性……？

そう考えたとき、一唯の頭にふと閃《ひらめ》いたものがあった。

（……母さん）

悠史は昔、母ととても仲がよかったし、ここへ来てからも懐かしそうに母の話をしていた。わざわざ母の味を再現しようと努力したとも言っていた。

もしかして彼は、母のことが好きだったのではないだろうか。

だから、ゲイでなくても抵抗なく一唯の身体にふれることができた。――一唯の性格は父に似ているが、容姿は母に似ているからだ。

（……だから、私に母さんを重ねて……？）

しかも今、彼は、

――結婚できるような相手じゃない

と言った。現在形だ。

(今も忘れられないということ……?)

勝手な想像に過ぎないのに、痛みはずきずきとひどくなる。

(どうして、こんな)

「……一唯?」

悠史が呼びかけてきた。再び頭に手を載せてくる。

「大丈夫?　……顔色悪いな。頭痛い?」

「……少し」

本当は、なぜだか痛いのは胸なのだけれど。

「もう少し寝てたほうがいいな」

「……ええ」

空になった食器をトレイに載せ、悠史は部屋を出ていこうとする。そのシャツの裾を、一唯は思わず摑んだ。

「うん?」

「……い、いえ……っ」

焦って手を離し、ごまかそうとする。

(今、何を)

悠史は小さく笑った。

「何？　もっとしたい？」

「しませんよっ‼」

これ以上されたら死んでしまう、きっと。

「食器を片づけたら戻ってくるよ」

「……そんなこと、言ってません……っ」

一唯は布団の中に潜った。悠史はその上から頭を撫でてくれる。その感触がひどく心地よくて、泣きたくなった。

悠史の吐息と呟きが聞こえてくる。

「こんな可愛い子をお嫁に——いやお婿に出さないといけないんだから、親戚《しんせき》なんてつまんないものだね」

(——だったら、どうして止めてくれないのか)

これまで、父の決めた相手と結婚することに、なんの疑問も抱いたことはない。

なのにそう思ってしまい、一唯はますます自分がわからなくなった。

「……悠史さん」

「うん？」

「……どうしてこんなことにつきあってくれるんですか？……仕事だって忙しいのに」

「……え」

返らない答えにそろそろと布団から目だけを出してみれば、悠史はめずらしく言葉に詰まっている。だがそれも一瞬のことで。

「あ、……いや、そうだね。……まあ、君のことはくれぐれもよろしくって、義姉さんにも頼まれてるしね」

「……母さんに」

やはりここでもその名が出てくるのか。

「それで手を出してたら、草葉の陰で義姉さんも泣いてるかもしれないけどな」

沈みかけた空気を払うように、悠史は笑った。

「それにやっぱ、役得だろ？　若い子に、しかも童貞処女の可愛い子に悪戯《いたずら》できる機会なんて、そうはないからね。——この役目、どうせ誰かに持っていかれるものなら、この俺が、って思うじゃないか」

一唯は思わず手を振り上げる。

悠史は笑って部屋を出ていった。


「具合がよければ、夕食は外に食べに行こうか。このあたりにはけっこう美味しい店もあるから」

ついでに送りたい書類があるらしい。

一唯としては、本当は二人だけで家にいるほうがいい。だがそう提案されれば、敢えて反対する気はなかった。少し眠ったら、体調はすっかり回復していた。

黄昏時《たそがれ》、二人は悠史の車に乗って、彼の予約したイタリアンレストランへ行った。雰囲気のいい店で、悠史と向かい合ってコース料理を食べて。

(……連休も明日で終わりか)

他愛もない話をしながら、一唯は思う。

明後日には出社しなければならない。つまり明日の夜には、それぞれ別の家に帰らなければならないということ。

それが一唯には、ひどく切なかった。

休暇の前と同じ、日常に戻る――それだけなのに。

(……楽しかった)

――けっこう楽しくない?

と、悠史は言ったけれども、たしかに一唯はこの二日間、とても楽しかったのだ。

ささいなことで大騒ぎしながら買い出しをしたり、並んでキッチンに立つこと。童心に返ってボードゲームをしたり、レッスンになっているのかどうか、セクハラまがいの悪戯をされることも。

悠史といると、何をしていても楽しかった。

こんな気持ちになるのは、ずいぶんひさしぶりな気がした。記憶をたどっても、ほんの子供の頃以外には、思い出せないくらいだった。

(……でも)

それももうすぐ終わる。

(終わってしまう)

これからも、またたまにはこんなふうに会えないだろうか。忙しい身の上だから難しいだろうか。

(……いっそ、また一緒に暮らせたらいいのに)

子供の頃みたいに。

そんな気持ちをつい口にすれば、

「……そうだね」

と、悠史は目を伏せた。

「い……家に戻ってきたらどうですか?」

そうすれば、この二日間のように、また暮らせる。

「それは無理かな」

「どうして……！」

「まあ……もう独立して十年以上たつんだし、今さらだろ。兄さんもいい顔はしないだろうし」

「そんなことな……」

「一唯、でも、もし――」

悠史が何か言いかける。

そのときだった。

「真名部一唯さん？」

ふいに女性の声で呼びかけられた。

視線を向ければ、テーブルの傍に一組の若い男女が立っていた。

女性のほうは、まだ二十歳《はたち》そこそこなのではないだろうか。露出の多い華やかなワンピース、男性のほうは浅黒い肌の筋肉質なタイプだ。

「――そうですが」

「初めまして。東原菜々美《ひがしはらななみ》です」

「東原菜々美さん……？」

一唯は記憶をたどったが、彼女の顔にも名前にもまったく覚えがなかった。辛うじて姓のほうには聞き覚えがあるのだが、間違いなく初対面だと思う。

「私のこと、まだ聞いてないのね」

彼女はそう言って、悠史のほうに視線を向けた。

「あなたは、知ってるみたいね」

「——ええ」

彼女の言うとおり、悠史は彼女の名を知っていたようだ。

「初めまして。一唯の叔父の真名部悠史です。——東原さん。どうしてあなたがここへ？」

「勿論、婚約者に会いに来たのよ、一唯さん」

彼女はにこりと笑った。

「婚約者……⁉　私のですか……⁉」

驚きのあまり、それ以上言葉が出てこなくなる。

いずれは父に結婚相手を決められることはわかっていたとはいえ、それが今だなんて思いもしていなかった。しかも見合いでもなんでもない、別荘地で、突然に声をかけられるなんて。

言葉もない一唯に、彼女は隣にいた男を紹介した。

「こちら、別荘に来て知り合った、私の今の彼氏。山中健介《やまなかけんすけ》さん」

「え……っ？」

（彼氏——恋人⁉）

今、彼女は自分が一唯の婚約者だと言わなかっただろうか。なのに、ほかに恋人がいる？しかもそれを一唯に紹介する……？

一唯は状況をまるで理解できてはいなかった。

「彼、この店でバイトしてるのよね。予約名簿に真名部っていう名前があったから、私に教えてくれたの。凄くめずらしい名前ってわけじゃないけど、もしかして婚約者じゃないかって。それで写メ撮って送ってもらったら、見合い写真と同じ顔だったじゃない？　だから来てみたんだけど、ちょっとびっくりしちゃった。実物のほうが綺麗ね」

「――婚約者に対して、恋人を紹介するのはどうかと思いますよ」

彼女の言葉を遮るように、悠史が言った。

「別にお互い気に入って結婚するわけじゃないんだもの。あなた、私の彼氏を見て嫉妬《しっと》する？」

「え……、いえ……」

困惑のあまり呆然としつつ、一唯はそう答えるしかない。

「だからといって、失礼でしょう」

悠史がきつくたしなめると、彼女は声を立てて笑った。

「でも私がどんなに失礼でも、お父様の会社を救うために、あなたは私と結婚しないといけないのよね。お気の毒。最初から言っておくけど、結婚しても、お互い自由でいましょう。

つまりほかに誰とつきあおうと勝手ということ」

「何をばかな……！」

「あなたには言ってないわ」

彼女は悠史を一瞥《いちべつ》さえせずに言った。

「ねえ、一唯さん。私、あなたの顔、気に入ったわ。私たち、いずれ子供をつくらなきゃならないだろうけど、綺麗な子になりそうでよかった。まあ、本当にあなたの子が生まれれば、だけど」

「……このアバズレが……！」

「悠史さん……！」

立ち上がる悠史を、一唯は慌てて制した。自分のために、彼に彼女を殴らせるわけにはいかない。

彼女は恐れ気もなく、彼の顔を覗き込んだ。

「あなたもかなりイケメンね。私と一唯さんが結婚したら、三人でしてみない？」

そして哄笑《こうしょう》を残し、恋人と連れ立って店を出ていった。

「……っ……」

悠史は彼らの背中が見えなくなるまで、目を離さなかった。瞳の奥に怒りが燃えているのが見える気がした。いつもは穏やかな彼のこんな激昂《げっこう》した顔を見るのは、これが初めてのことだった。

そして怒りとは少し違う、何か決意のようなものも見える気がする。

「悠史さん……」

悠史はテーブル会計を済ませると、一唯を連れて店を出た。

車が走り出す。彼がまだひどく不機嫌なのが見て取れた。

（……どうして）

彼女の態度が悪かったのはたしかだが、それは一唯に対してだ。悠史がそれほど怒る必要などないのに。

「……一唯」

呼びかけられ、一唯ははっと顔を上げた。

「前に、兄さんを信じてるって言ったね」

「……ええ」

——別に問題ないでしょう？　父さんが私にとっても会社にとってもよくない相手を世話するわけないですし
「……今でもその気持ちは変わらない？　ああいう女でも、兄さんに言われるままに結婚するつもりなのか」

「——……」

ええ、勿論、と一唯は答えることができなかった。

彼女と結婚する――夫婦になる姿は、まったく想像できなかった。結婚したいとも思えなかった。

いつか誰かと結婚したら、できる限り愛情を持てるように努力し、誠実に向かい合おうと思っていた。けれどもそうして向かい合うことが、彼女とできるとは思えない。

こういうケースもありえるのだと考えなかったばかさ加減に、自分を殴りたくなる。結婚は、相手があってこそのものなのに。

(……だけど)

彼女は、

――私がどんなに失礼でも、お父様の会社を救うために、あなたは私と結婚しないといけないのよね

と言った。

その言葉に、一唯は納得できてしまっていた。会社の状況が悪いのは、一唯自身も感じていたことではあったのだ。

おそらくは父がこの別荘を手放したのも、資金繰りのためだったのだろう。焼け石に水だっただろうが、つまりはそれほど困っていたということだ。

(……そこまでひどかったなんて)

気がつかなかった。父の相談相手にさえなれなかった。

そんな自分が情けなくてたまらなかった。

一唯には、見合い写真を撮った覚えさえないのだ。何かの折に撮ったスナップを父が流用したのだろうか。だとしたら、これもまた切羽詰まっていたが故に、ずいぶん急いだのだと思わざるをえない。

そして聞き覚えのあった彼女の姓は、大手土地開発グループのオーナー一族の姓なのだ。

「——悠史さんは知っていたんですか、この話」

「ああ」

「……じゃあ、もしかしてこの前めずらしく家に来ていたのは」

「あの日はこの話をほかから耳にして、兄さんを問い詰めるつもりで行ったんだ。兄さんは、会社を救うためには東原と提携するしかない、社長の娘と一唯を結婚させるからそのつもりでと答えた」

やはりそうだったのだ。悠史が突然家に来るなんて、もっと理由を勘ぐってみるべきだった。

「……どうして私には、……私のことなのに」

「兄さんにしても、あまり言いたい話じゃなかったんだろう。忙しさもあって、一日延ばしにしてたんだろうな」

「悠史さんのことを聞いてるんです……っ」

一唯は遮った。

「……知っていたのなら、どうして教えてくれなかったんですか⁉」

「自分から話すから言わないようにと口止めされていた。……悪かった」

父の制止を破ってまで一唯に教える義務があるわけではない。それはわかっているけれども、それでも教えて欲しかった。

「会社の状況と提携の話を一方的に通達されて、彼女については素性と名前、それと少々跳ねっ返りだということくらいしか教えてもらえなかったんだ。だけどそのあと自分で少し調べて、跳ねっ返りなんてもんじゃないことがわかった。あれは相当の玉だよ。まさか突然勝手に会いに来て、堂々と男関係を見せつけられるとまでは思わなかったがね。こっちがそれだけ舐められてるってことだ。――一唯」

「……」

「どっちにしても今日、この話をするつもりだった。おまえは兄さんの言うとおりに会社のために結婚し、妻となった女性だけを生涯愛するように努力して、浮気もしない、一生妻一筋だと言ったね。本当にそれでいいの？　彼女にその価値があるのかどうか、よく考えてみなさい」

一唯は答えることができなかった。

（だって……私が結婚を拒否したら、会社はどうなるんだ？）

無言のまま、車は別荘のガレージへとすべり込んだ。

5

少し頭を整理したくて、別荘へ帰るなり一唯は一人でバスルームに籠《こ》もった。

(結婚……)

力任せに身体を洗って、バスタブに口許まで埋もれる。

いずれは会社のために、父の決めた女性と結婚する——そのことに、これまでなんの疑問も持ったことはなかった。

けれどもそれは、結婚が自分の中で具体的なイメージをともなっていなかったからこそのことだったのだと思い知る。

彼女と結婚なんて、想像さえできなかった。

ここ数日、悠史と「練習」してきたことは、いったいなんだったのだろう。セックスはともかく、それ以外のことは——一緒に買い出しに行ったり料理を手伝ったり、一緒に風呂に入ったり、じゃれあったり——結婚しても、そういうことを彼女とする機会が果たしてあるのだろうか?

だが、だからといって、結婚から逃げることはできない。

父がわがままをゆるしてくれるとは思えなかったし、もし一唯が悠史のような手を使ってでも拒否すれば、会社が傾く。そうしたら社員やその家族たちはどうなるのか。

不思議と彼女に腹を立てているわけではなかった。ひどい態度だったとは思うが、あれは彼女なりの、勝手に決められた結婚への不満の表れだったのではないかと思うのだ。

むしろあの仕打ちは、結婚について真剣に考えてこなかった自分への罰のように思えた。

(悠史さん……)

彼といると、何をしていてもずっと楽しかった。

けれども今、彼女と同じことをすると考えても、少しも楽しいと思えない。そもそも思い描くこと自体が難しかった。

彼女が不満というだけのことではない。もっとまともな女でも、きっと同じだった。

(悠史さんだったから)

一緒にいるだけで楽しかったのだ。

(……セックスだって)

キスさえ初めてだったのに、少しも嫌悪感がなかった。それどころか、ひどくどきどきした。ふれられても、ただ恥ずかしかっただけで、抵抗などまるでなかった。それどころか、最初から感じきって。

てもだ。

(……悠史さん……)

今思い出すだけでも全身が熱を持つ。

ほかの人と、ああいうことをしたいとは思えなかった。相手が女性でも、男性だったとし
(悠史さん……)

心の中で、何度も名前を呼ぶ。

もう、認めないわけにはいかなかった。

(……好きなんだ)

「……一唯?」

扉の向こうからかけられた声に、一唯ははっとした。

いつのまにか、ずいぶん時間が過ぎていたらしい。溜めた湯がすっかりぬるくなっていた。

「大丈夫?」

(……悠史さん)

一唯はふらりと浴槽から立ち上がった。

そのまままっすぐに進み、磨り硝子《ガラス》の扉を開ける。

「……一唯」

悠史は驚いたような目で一唯を見下ろした。バスタオルを頭から被せ、髪を拭《ふ》き、身体を

包む。

「すっかり冷たくなってるじゃないか。風邪《かぜ》でもひいたらどうするんだ」

「……悠史さん」

一唯は見つめた。

彼が家を出ていったときは、死ぬほど悲しかった。戻ってきて欲しいと何度願ったか知れない。

いつのまに恋愛感情になったのかはわからないけれど、子供の頃から、本当はずっと悠史だけが特別だったのだ。

長いあいだ自分の気持ちに蓋《ふた》をして、見ないふりをしていただけだったのかもしれない。結ばれるはずもないことは、最初からわかっていたからだ。

一唯の立場では、女性との政略結婚が避けられないということもある。

だがそれがなくても、彼の気持ちが自分に向くとはとても思えなかった。

悠史が母のことを好きだとまでは思わなかったけれど、家を出てからはなかなか会おうとさえしてくれなかった。

異性愛者で、いつも綺麗な女性を連れているような男が、男の自分を好きになってくれるはずがない。まして血のつながった叔父と甥であってみればなおさらだった。

あそこまでふれておいて最後までしようとしないのは、そういうことなのだと思う。

（……でも）

初めてセックスするなら、最初の相手は彼がよかった。悠史に抱いてもらいたかった。

こんな考え方は女々しいという自覚はある。

けれども、どうしても諦《あきら》めることはできなかった。

一唯は悠史のシャツの胸元を、ぎゅっと握りしめた。顔を埋めると、濃い酒の匂《にお》いがする。

帰ってから一人でずっと飲んでいたのだろうか。

「一唯……」

「……セックスしてください」

できるものなら、いろっぽく誘いたかった。けれどもそのレッスンは途中になっていたし、どうしたら彼をその気にできるのか、一唯にはわからなかった。

「最後まで抱いて、……忘れられないようにしてください」

一度だけそうして抱き合ったら、それで終わりにする。一唯は父の言うとおり、彼女と結婚する。

「一唯……！」

一唯の言葉が、

――本当にそれでいいの

その問いの答えであることは、悠史にも伝わったようだった。

「あの女と本当に一緒になるって言うのか……⁉」

悠史は声を荒らげた。

「あの女におまえの操を与える価値があるとでも⁉　兄さんや会社のことなら、ほかにも手はある。俺が逃がしてやる。君が全責任を負う必要なんてないんだ」

一唯は首を振った。

悠史とは、立場も状況も違う。逃げるわけにはいかない。

「じゃあこの結婚を断って、一生あなたと男同士でまぐわっていろとでも？」

そうできたら、どんなにいいか。

だが悠史にそこまでの覚悟があるとは思えない。笑おうとしたのに、唇が変に歪《ゆが》んでしまう。

「……私はやっぱり女性のほうがいいですし、それに今回の話をたとえ断っても、どうせまた近いうちに同じような話が持ち上がるでしょう。私は別に彼女でも問題ありません。……性格はともかく、美人でしたし」

「……一唯」

「結婚したらちゃんとできるように指導してくれるんでしょう」

どうしたらいいかよくわからないまま、できるだけ誘う瞳で見上げてみる。そしてするすると跪《ひざまず》き、悠史の穿いていたズボンの前を開けた。

間近で見るのは初めてだった。萎《な》えたものに手を添え、口に咥えれば、ぴくりと反応する。口内でわずかに芯《しん》を持ちはじめるそれが、ひどく愛《いと》おしかった。このままずっと咥えていたかった。

「……っ一唯……‼」

けれどもその途端、引き起こされる。

悠史は舌打ちし、一唯を横抱きに抱え上げて寝室へと運んでいった。

悠史は一唯をベッドへ投げ落とすと、無言で覆い被さってきた。

嚙みつくようにキスされ、身体を撫で回される。こんなふうに乱暴にあつかわれるのは、初めてのことだった。

耳から首、乳首へと唇が下りていくうちに、一唯の膝はいつのまにか開き、悠史の腰を挟み込んでいた。

(ああ……)

太腿《ふともも》に、悠史の勃起したものが当たる。彼がちゃんと欲情してくれているのが、一唯はとても嬉しかった。

思わず、抱え込むようにぎゅっと両脚を巻きつければ、性器同士がちょうどふれ合う位置になる。

「あ……」

（……凄い、これ）

硬く屹立したもの同士がこすれ合う。その感触だけで、こんなにも気持ちがいいなんて。

一唯はなかば無意識に腰を揺らし、自らそこを押しつけていた。

「ん、あぁ、あ……！」

先走りが漏れて次第にすべりがよくなり、さらに快感を増してくる。

（……気持ちいい）

このまま、悠史といっしょに昇り詰めてしまいたかった。彼のものも心なしか硬度と熱を増しているように思えた。

「あ……っ」

けれども悠史は、それをゆるしてはくれなかった。

彼は身を起こし、ベッドサイドの抽斗《ひきだし》からローションのボトルを取り出す。とろりと指に垂らすと、一唯の後ろに指を這わせてきた。びくりとすくんだ襞を容赦なく広げ、中へ挿入ってくる。

「ふぁ……っんんっ……」

まだそこを弄られるのは二度目に過ぎず、ひどい違和感に泣きたくなった。

それでも痛いのは最初だけで、悠史の指が中を探りはじめると、ひっきりなく漏れる声を殺せなくなる。

「はぁ……ああ……っ、あっ……！」

性器の裏側あたりをこすられて、腰が跳ねた。軽く射精したかのように零れた先走りを、悠史は唇で吸い取る。

そして後ろに指を挿れたまま、咥えてきた。

「ああ……っ」

その快《よ》さに、一唯はすぐにでも達してしまいそうになる。けれども悠史は、背を撓らせる一唯の根もとを指できつく押さえ、堰《せ》き止めた。

「ひ……ああっ……！　そん、な……っ」

張り詰めて、すでに限界に達しているのに、射精させてはもらえない。堪《こら》えさせられたまで、中の指を増やされる。

「ん……あ、あぁ……っ……」

「中、気持ちいい？　三本、入ってるのわかる？」

「や……あ……っ」

「ほら。こんなに広がって」

悠史が指を動かすたびに、ぐちぐちといやらしい音が響く。

「ああ、はあ、あぁ……もう、無理、ああ……っ」

「まだだめに決まってるだろ。こんな早漏じゃ、彼女を満足させられないよ」

「あ、あぁ……っ、だめ、それ……っ」

軽く吸われると、びくびくと全身が震えた。いくことはできないのに、怖いくらい気持ちがよくて、挿入された指を締めつけずにはいられない。

（ああ……何か、くる）

いつものイくときと違う何かが。

「やだ、いや、あ、あ……っ」

（だめだ……！）

一唯は首を振ったが、止めることはできずに、思い切り身体を撓らせた。

「あ、あ――……」

射精してもいないのに、イく感覚が止まらない。

（……嘘、どうして……っ）

不安になって見上げれば、悠史は少し驚いたような顔で一唯を見下ろしていた。

「……これ、いってるのか。もしかして。……出てないけど」

「ふ……ぁっ……」

気持ちよすぎて、ぼろぼろ涙が零れた。どうしたら止まるのか、まるでわからなかった。

「ドライって初めて見たな」

（ドライ……？）

首を傾げる暇もなく、絶頂感が収まらないうちに後ろの指を引き抜かれる。

「あっ、あっ……！　や……っ」

その感触にさえ感じて、一唯は声をあげた。

「ああ……っ」

ローションをたっぷりと注ぎ込まれ、ぐちょぐちょになった孔に、指のかわりに悠史の屹立が押し当てられる。

「だめ、まだ……っ」

イってるのに。

だが容赦なく、悠史は自身を突き立ててきた。

「あ、あ……っ」

とりわけ感じる部分をわざとこすり上げるように、ずるりと中へ入り込んでくる。同時に前を押さえた手が離れた。

「ああ……！」

堰き止められていたものを解放され、目の前が白くなるような快感を味わいながら、吐精する。

たまらずに一唯はぎゅううっと悠史の肩に縋《すが》りついた。感じすぎて、もうどうなっているのか自分でもよくわからなかった。

「あ……あ……」

悠史はびくびくと引きつる一唯の中へ、さらに身体を進めてくる。奥まですっかり収めてしまうと、問いかけてきた。

「……気持ちいい？」

一唯は首を振った。

「痛い……」

それも嘘ではなかった。初めて男を受け容《い》れた部分は、ローションのたすけを借りて傷つきこそしていないものの、壊れそうなほどいっぱいに広げられてしまっている。

でも、その痛みが結ばれた証《あかし》のように思えた。

悠史は緩く動きはじめる。

「いや、まだ……っ」

内部が馴染《なじ》んでいないのに。なのに、いった余韻が燻《くすぶ》ったままの襞は、こすられればすぐにまた快感を覚えはじめる。

「あぁ……っ」

（……無理、しぬ……気持ちよくて）

もういっそ、このまま死ねたらいいのに。

「……すごいね。中がきゅうきゅう締まって絡みついてくるみたいだ。……こんなにやらしくて、ほんとに女となんかやれるの？」

「ああっ……あああ……っ」

突かれるたびに声が漏れてしまう。先刻達したばかりなのに、もうすぐそこに頂点が見える。

「……もう、ゆるして……」

「ゆるすわけないだろう？――まだまだこれからだよ」

「ああ……っ」

「……一唯、セックスするときは、相手の名前を呼ぶのがルールだ。――俺の名前を呼んでごらん」

耳許で低く囁かれ、一唯は唇を開く。

「……ゆ……悠史さん……」

「そう、もっと」

「悠史さん……悠史さ……あ……っ」

彼の名を呼ぶと、そのたびになぜだかぼろぼろと涙が零れた。

一唯はただ悠史の背に縋り、必死で堪えていた。

*

「ああ……」

翌昼、悠史は別荘の中すべてを捜して回ったあげく、ダイニングチェアに身を投げ出して、深いため息をついた。

昨日の夜から明け方まで一唯の身体を貪《むさぼ》って、そのまま泥のように眠った。そして目が覚めたら、一唯はすでにいなかった。荷物もなかった。かなり酒が入っていたとはいえ、信じられないような失態だった。

(……こうなることくらい、わかっていてもよかったのに)

テーブルの上には、一唯がつくっていったのだろう、朝食がある。焦げてかたちの悪いオムレツと、サラダ。

(可愛いことをする)

これを用意したあと、タクシーを呼んで一人で帰っていったのだろうか。酒を飲んではいなかったとはいえ、初めての行為で相当疲れていただろうに。

この数日のことが、走馬灯のように頭を巡った。

一唯が男も女も知らないと聞いたときは、たまらなく嬉しかったことを今でも思い出せる。純粋培養を危惧《きぐ》しながらも、童貞処女のままでずっと置いておきたかった。でも、絶対にいつかは誰かに持っていかれる。だったら自分がもらって何が悪い？

セックスなんて、結婚してからパートナーと一緒に自分たちなりの愉しみを見つけていけばいいんだ……とは、とても言ってやる気になれなかった。

ここでの暮らしは、信じられないくらい楽しかった。

窮屈な屋敷から一唯を連れ出してやったつもりだったけれど、実際に来てみれば、自分のほうがすっかり楽しんでしまっていた。こんなふうに一緒に過ごせることなど、もう二度とないと思っていたのだ。

ひさしぶりに一唯のいろんな表情も見ることができた。親族の集まりで見るときはいつも取り澄ましていたし、あまり長く話しているわけにはいかなかったから、それを崩すこともできなかった。

どんな顔も可愛かったし、淫らな顔はたまらなく艶めいていた。何度も名前を呼ばせた声も、まだ耳に残っている。

あれがすべて、あの女のものになる。

——じゃあこの結婚を断って、一生あなたと男同士でまぐわっていろとでも?

と、一唯は言った。

——私はやっぱり女性のほうがいいですし、それに今回の話をたとえ断っても、どうせまた近いうちに同じような話が持ち上がるでしょう。私は別に彼女でも問題ありません

女のほうがいい。それは理解できる。

自分の——男の下であんなにも淫らに喘いでいても、一唯は男だ。

(だけど、あんな女と)

結婚前から堂々と浮気を公言している女だ。一唯が貞操を捧《ささ》げるほどの価値のある女ではありえないのに。

——最後まで抱いて、……忘れられないようにしてください

(忘れられないのはどっちだ)

と、悠史は思った。

6

悠史が眠っているあいだに、一唯は別荘をあとにした。

せっかく連れてきて、レッスンにまでつきあってやったのに——と、目を覚ましたとき彼はきっと怒ることだろう。

それを思うと胸が痛いけれども、顔を見たら離れられなくなってしまう。何もかも捨てたくなってしまう。

(それはだめだ)

自宅へ戻ると、一唯はすぐに父に呼ばれた。

——温泉はどうだった
と切り出され、最初はなんのことかと思った。そういえば、悠史との外泊を隠すために、友人たちと温泉旅行に行くと言い訳してあったのだ。思い出すまで、たっぷり一分はかかってしまった。

——……楽しかったですよ、……とても

適当に答えたつもりだったのに、口にした途端、泣きたくなった。

それ以上、休暇の話はしたくなかった。どうしても思い出してしまうし、実際には温泉など行ったこともないのだから、突っ込まれたらぼろが出る。

――それで、何かお話が？

うしろめたく思いながらも、一唯は父の話を促した。真名部の家では「出すぎた真似」と言えただろう。父は不快そうな顔をしたが、咎《とが》めなかった。

そして彼は、一唯の結婚が決まったこと、会社のために絶対に必要な縁組みであることを告げた。

――驚かないのか？

――……いつかは来る話だと思っていましたから
そう答えるしかなかった。別荘で彼女に会ったなどと、言えるはずもない。言えば、なぜそんなところにいたのかという話になる。あのあたりに温泉はあっただろうか。

――会社の状態が悪いこと、どうして言ってくださらなかったんですか
思わず口にすれば、

――おまえのような子供に相談してなんになる？

答えは予想どおりのものだった。

――結婚に異存はあるまいな？　おまえは真名部の嫡子だ。悠史のようなわがままがゆる

されるとは、よもや思ってはいないな

——……はい

——おまえの肩には、三万人の社員とその家族、下請けの命運までかかっていることを忘れるな

——わかっています、お父さん

その後、悠史からは何度も電話があった。

一唯はそれをすべて無視した。声を聞いたら、里心がついてしまいそうで。

夜、ベッドに入るのを見計らったかのように、携帯メールの着信音が響く。

(悠史さん……)

発信者を確認すれば、やはり彼だった。気にかけてくれているのかと思うと、たとえそれが母に頼まれていたからであったとしても、やはり嬉しかった。

こんなことになる前は、彼は滅多に自分から連絡などくれなかった。一唯からアプローチしたときに応えてくれただけで。

けれども一唯はメールも読まなかった。開くのが怖かった。

なぜ別荘から逃げ出したのかと聞かれたら、どう答えたらいいかわからなかった。それとも、結婚などやめてしまえばいい——もしそう書いてあったら。

だが、もし多大な犠牲を払ってこの結婚を取りやめることができたとしても、いつか別の

女性と結婚しなければならないことに変わりはない。

悠史でないのなら、一唯にとっては同じことだった。

(悠史さん)

声が聞きたい、と痛切に思う。幻聴さえ耳許に響く。

——何? 俺の声、思い出しただけで興奮してるの?

——違いますっ
——じゃあ、これは何?

自然と下へ手が伸びる。

(こんなこと……前はそんなにしなかったのに)

初めての自慰のとき、

——溜まってきたら、そうやって処理をするといい。ちっともおかしいことじゃないよ。健康な男なら、三日でいっぱいになるっていうからね……

と、彼が言ったから、三日に一回。ずっとそうしてきたのだ。——それなのに。

「……っ……」

彼の愛撫を真似て、勝手に指が動き出す。性感が昂ぶるにつれて、喘ぎの中に彼を呼ぶ声が混じる。彼にそう教えられてから、癖になってしまった。

「……悠史さん……っ、悠史さ……、や……」

――いやだって？　自分でしてるんだろう？

幻想の中に彼の視線を感じると、どうしようもなく煽《あお》られる。彼とのセックスを思い出す。後ろの孔にまで指を伸ばしてしまう。

「あ……っ」

こんなことで結婚して、本当に大丈夫なのかと思わずにはいられない。それでも、後戻りするわけにはいかなかった。

後始末を済ませ、手を洗って戻れば、テーブルの上に載せられた籠《かご》が目に映る。中に入っているのは、別荘で買い出しに行ったときに悠史が買ってくれたジャンクな菓子――子供の頃、親には内緒で彼がたまにくれたのと、同じものだ。何かひとつでも思い出になるものが欲しくて、残ったぶんを持って帰ってきてしまった。

（……もう、今は甘いものはあまり食べないのに）

悠史の中では、一唯はやはりまだまだ子供のままなのかもしれない。

ひとつ手にして囓《かじ》れば、甘みが口の中に広がる。

（……美味しい）

そういえば、一唯がつくって別荘に置いてきた朝食を、悠史は食べてくれただろうか。

母に比べればあまりにも下手すぎたオムレツの出来を思い出すと、なぜだか一唯はひどく悲しくなった。

「そういやさ、おまえ結婚が決まったんだって？」

そんな状況の中、マナベ・ハーベスト系列のホテルのレストランで、ＤＴ部の数回目の会合が開かれた。店を予約するのは持ち回りで、今回手配したのは一唯自身だ。

どこで耳にしてきたのか、小嶋がそう聞いてきた。

「え？　……ええ、まあ」

「へえ、やっぱ本当だったんだ。おまえ何も言わないからさあ。いったいいつ決まったんだよ？」

「……二ヶ月くらい前でしょうか」

「二ヶ月⁉」

ほかの二人も声をそろえる。

「なんで黙ってたんだよ⁉　そのあいだにも会合あったじゃねーかよ……⁉」

「……すみません。ごたごたしていたので、連絡が遅くなってしまって」

一応、一唯は頭を下げた。なんとなく口にする気になれないまま、たしかにずいぶんと時間がたってしまっていた。

「招待状は、そろそろ皆さんにも届く頃なんですが」

「招《よ》んでくれるんだ。式はいつなの？」

「再来月です」

「へえ。真名部の御曹司の結婚にしちゃ、なんか進行早くない？　えらい人たちもいっぱい来るんじゃねーの？　準備とか大変そうなのに」

「……いろいろ都合があったので」

とでも応えるしかなかったが、それは一唯も感じていたことだった。

結婚するのは初めてだから、普通どうなのかはよくわからない。とはいえ、実際に日程は詰まっていた。一唯の了承を取る前から、準備が進められていたのではないかと思うほど。

「ま、いいけどさ。とにかく結婚おめでとう」

「ありがとう」

メンバーたちは口々に祝福してくれた。一唯はそれに礼を述べる。

「でも、結婚が決まったにしては浮かない顔だな」

「うん。浮かないっていうより、沈んでるって感じ」

と、白木が応じる。

「……そうですか？」

自分ではいつもどおりにしているつもりなのだけれど。

「なあ、おまえさあ」

ふいに小嶋が言った。

「ほんとは結婚したくないんじゃねーの?」

痛いところを突かれて、一唯は一瞬、言葉に詰まった。

「……別にそんなことは」

辛うじて否定する。

「でもさあ、ちょっと小耳に挟んだんだけど、相手の東原の娘って……あんまり評判のいい女じゃないらしいじゃん」

小嶋は最後にいくにつれ歯切れが悪くなり、言葉を濁した。一唯の妻になる女性の悪口を言っていることになる、と途中で気づいたようだった。

「……ごめん、おまえの奥さんになるかもしれない人なのに。でも、好きでもないうえにそういうタイプの女と結婚するって、どうなの? おまえのほうはDTなのにさ」

彼が心配してくれているのが伝わってきて、怒る気にはとてもなれなかった。

「……セックスならしましたよ」

「えええええっっっ」

厳密には童貞を喪失したわけではないが、一唯がそう口にすると、メンバーたちは店中に響くような声をあげた。

「誰と⁉　その彼女と⁉」

「いえ、別の人とですが」

「だっておまえ言ってただろ、結婚するまでしないって……！」

「前にテクニックが未熟だと相手を性的不満に陥れると言われてから、練習しておくべきではないかと考えたんです。……でも、このうえなく安全な相手ですから、大丈夫です」

「大丈夫って……」

三人は顔を見合わせる。一唯は続けた。

「……そんなわけで、彼女が奔放な女性であっても、おあいこですから」

「いや、それは違うだろお」

呆《あき》れたように言って、小嶋は椅子《いす》の背に身体を投げ出す。白木があとを引き受けた。

「じゃあ卒業ってことかよ？　一抜け？」

「それは……」

白木や榊のときは、相手が男だったからカウントされなかった。自分の場合もやはり卒業したことにはならないだろう。

一唯がそう答えようとしたとき、それまでただ心配そうな顔で黙っていた榊が、口を挟んできた。

「見当違いだったらごめん。——でももしかして真名部は、その人のこと、好きなんじゃないの？」

「──……」

一唯は絶句してしまう。そんなにもわかりやすかっただろうか。決してそういう機微に鋭いとはいえない榊に、指摘されてしまうほど。

「好きな人がいるのに、ほかの人と結婚するの？」

「……それは」

一唯は答えに詰まる。

「あーあ。やっぱ、おまえ結婚やめれば？」

と、小嶋が言った。

「最初から無理があると思ってたんだよ。親に言われた相手と結婚する、それまでHも恋もしない、結婚してからも勿論浮気はしない……、感情のないロボットじゃないんだからさ、そんなの上手くいくわけねーじゃん。っていうか、なんでそんなこと思い込んだんだか知らねーけど、恋愛したことがないから他人事みたいに現実感なかっただけじゃね？」

返す言葉もなかった。

今日は彼らに言われることすべてが胸に刺さる。けれどもだからといって、結婚をやめるわけにはいかない。会社の命運がかかっているのだ。

もう一軒行って飲み直そうという誘いを断り、皆と一緒に一階のロビーまで下りてきたときだった。

ホールの柱に凭れて立つ長身の男の姿に、一唯は棒立ちになった。

「……！　悠史さん……！」

彼も一唯の姿を見つけ、軽く微笑む。そして歩み寄ってきた。逃げなければと思いながらも、一唯はなぜだか一歩も動けなかった。

「どうして、こんなところに……」

声が震えた。いくらここが彼の傘下のホテルとはいえ、彼がここに勤務しているわけではないし、連絡が行ったわけでもないだろうに。

姿を見るのは、あの日別れて以来のことだった。

ずっと避けてきたのは自分なのに、顔を見れば愛おしさがこみ上げてくる。それがわかっていたから、会いたくなかったのに。

「川田《かわだ》に、このホテルまで送ったって聞いたんだ。高校の友達と会うからと。電話もメールも無視されたんじゃ、これしかないだろう？」

川田とは、真名部家の運転手の名前だった。

彼からの連絡に応えようとしなかったことを突っ込まれ、一唯は気まずく目を逸らす。悠史は後ろで遠巻きに見ていた仲間たちに向き直った。

「一唯の叔父の真名部悠史です。いつも一唯がお世話になっております」

「いえ、そんな、こちらこそ」

そして一唯に言った。

「時間を取れないか。少しでいい。話がしたい」

「……これから彼らと飲み直すので」

その誘いは断ったばかりなのに、言い訳に使ってしまう。そして脇をすり抜けて逃げようとしたが、手首を摑んで止められた。

「ほんの少しでいいんだ」

「……私には話すことなんてありません」

「今振り切っても、何度でもこうして待ち伏せるよ」

「……っ」

「あのー」

ひどくばつの悪そうな声が割り込んでくる。小嶋だった。

「俺たち別にかまわないんで」

「そうそう。なんか深刻な話みたいだし、行けば?」

「行ったほうがいいと思うよ」

「おまえたち……！」

彼らは口々に悠史を応援するかのようなことを言う。先刻の会合での話と今の状況から、だいたいの事情が伝わってしまったようだった。

「ありがとう。恩に着る」

と、悠史は彼らに微笑んだ。

「そういうことだから、一唯」

「ちょ、悠史さん、放し……っ」

一唯が抗っても、悠史は放してはくれなかった。

今降りたばかりのエレベーターに、そのまま連れ込まれる。動き出しても手は強く握られたままで、痛いくらいだった。


「何か飲むかい？　ワインは？」

ホテルの一室に着いてから、ようやく悠史は手を放してくれた。

「……いいえ」

勧められた椅子にも座らず、にべもなく一唯は答える。

「話は手短に済ませてくださるんでしょう。――別荘から勝手に戻ってきたことを怒っているのなら……」

「怒ってないよ。あれは俺も悪かったし……」

ごめん、と悠史は言ったが、彼がどう悪かったというのだろう。彼は一唯が希《のぞ》んだとおりにしてくれただけなのに。

「電話もメールも無視されたことはちょっと怒ってるけどね」

「……すみません」

理由を言うことはできないまま、ただ謝る。自分勝手な言い訳で応えなかったことは、一唯自身申し訳なく思っていた。

「あのあと大丈夫だった？」

「……ご心配には及びません」

身体を気遣ってくれる悠史に、そっけなく答える。長く平静を装っていられるとは思えず、早く話を終えて欲しかった。

「……そう」

悠史は吐息をついた。

「じゃあ言うよ。……彼女と結婚するの、やめてくれないか？」

結婚を考え直せと言われる——予想どおりといえばそのとおりの言葉だった。けれどもこの、まるで請うような言いかたはなんだろう。

「あんな女と一緒になって、上手くいくとは思えない。別荘へ行く前からいろいろ調べて、だいたいのことは知ってはいたけど、実物は書類以上だったよ」

「……やめる気はないって言ったでしょう」

「会社のため？」

「……それもありますが、私の気持ちは説明したはずです」

「会社のことならなんとでもなるよ。俺がなんとかする。それに最悪、外資かどこかに吸収されたとしたって、トップが入れ替わるだけで、一般社員にはなるべくダメージを与えないようにすることはできる。おまえが一番引っかかってるのはそこだろう？」

口に出したこともないのに、なぜ悠史にはわかったのだろう。

社員にあまり負担をかけないような吸収合併の道もありえるかもしれない——その言葉は凄い誘惑だった。

（……でも）

「でも、……父さんはどうなるんです？　今のままの立場でいられるわけじゃないでしょう。……それに、代々続いてきた真名部グループは？」

「おまえが経営を傾けたわけじゃないだろう……！　むしろなんの責任もないのに、なぜおまえ一人が犠牲にならなきゃならない？」

「責任ならあります……！」

答えは叫びのようになってしまった。

「私は真名部の跡取りですから。咎《とが》も……父の相談にさえ乗ってあげられなかった、力不足が」

もう少しでも、自分に能力があったら。

「……一唯」

悠史はきつく眉《まゆ》を寄せた。そしてふいにぎゅっと一唯を抱きしめた。

（悠史さん……）

不意打ちのあたたかさと懐かしい感覚に、涙腺《るいせん》が壊れそうになる。きつく目を閉じてそれをやり過ごす。

「……離してください……！」

一唯は彼を押しのけようともがいた。

「い……いくら母さんに頼まれてたからって、そこまで心配してくれなくてもけっこうです……っ。もう子供じゃないんだから……！」

「義姉さん？　義姉さんは関係ないだろう？」

「……っ関係なくないでしょう……!?　母さんに私のことを頼まれてたって言ったじゃない

ですか。だから、ああいうことまでしてくれたんでしょう……⁉」

「ああいうことって？　セックスを教えたこと？」

「……ええ」

目を逸らし、一唯は頷く。

「そんなわけないだろう……！　あのときはああ言ったけど、本当にそんな理由で実の甥に手を出すと思うの？　おまえのことをくれぐれも頼まれたのは事実だけどね、それだけでできるわけがない」

「じゃあどうして……⁉」

抱きしめる腕に力が籠もる。悠史は言った。

「──おまえが好きなんだ」

「──……」

（悠史さん……）

今、なんて？

聞いたはずの科白が信じられなかった。鼓動がうるさすぎて、頭が働かない。

一唯は顔を上げようとしたが、強く抱き込まれたまま、させてもらえなかった。

「……だ……だけどあなた、男が好きなわけじゃないでしょう？　今まで何人も恋人がいたくせに……っ」

「……そうだな。ゲイってわけじゃないのかもしれない。だけど、おまえのことが好きなんだ」

「……それは、私が、……」

口に乗せるのにひどく抵抗がある。それでもどうしても言わずにはいられなくて、一唯は続けた。

「……母さんに似てるからですか……?」

「は……なんだって?」

「……好きだったんでしょう、だから俺のことも」

「何を言ってるんだか……!」

悠史は声を荒らげた。ようやく腕を緩め、一唯の肩を摑んで顔を覗き込んでくる。

「さっきから不思議と義姉さんの話が出てくると思ってたけど、そういう誤解をしてたからなのか?」

「……誤解?」

「誤解に決まってるだろう。義姉さんのことは好きだったけど、あくまでも義姉としての話だ。恋愛感情を抱いてたわけじゃないよ」

「料理の味まで再現してみたりするほど懐かしがってたのに?」

「嫉妬してくれるの?」

「！　ちが……っ」

悠史は小さく笑った。

「懐かしかったよ。義姉さんは料理上手だったしね。……それに、俺は実母とは早くに生き別れてるし、彼女はもともとあまり母性的な人じゃなかったから、なんとなく義姉さんに母親を重ねてた部分はあったかもしれない」

「悠史さん……」

彼の生い立ちが垣間見えれば、同情とも罪悪感とも知れない思いが、一唯の胸に押し寄せる。悠史は続けた。

「でも、あの味を再現したかったのは、おまえに食べさせてやりたかったからだよ、母親の味をね」

「え……？　私に……？」

「うん」

（……私のために）

悠史は、真名部のせいで自らも母親と早くに引き離されておきながら、一唯のことを不憫《ふびん》に思ってくれていたのだ。わざわざ母の味を再現しようと思ってくれるほど。

そう思うと、じわりと目の裏が熱くなる。

では、あれからずっと母に嫉妬し続けてきたのは、本当に誤解だったということなのだろうか。

「おまえに、叔父じゃなく男としての俺を見て欲しくて、別荘へ連れていったんだ。それでもだめなら、――おまえが結婚してしあわせになるのなら、諦めようと思ってた。だけど、あんな女が相手じゃ諦められるわけがない。――好きなんだ」

「……悠史さん……」

「一緒に逃げよう。あとのことは俺に任せておけばいい」

（……逃げるってどこへ）

逃げられる、はずがない。

問おうとした唇が、唇で塞がれる。ひさしぶりの唇の感触に、抑えてきたものが堰を切ったかのように、ぼろぼろと涙があふれた。

嬉しくて天にも昇りそうな思いがした。別荘で彼と一緒に過ごした日の思い出が、脳裏に押し寄せてきた。他愛もないただの日常がまるで宝石のようだった。今頷けば、もう一度あの時間を取り戻すことができる。――彼のこの気持ちを、受け容れることができたら。

だが、それは無理な相談だった。

会社のことは勿論、悠史とともに逃げたりしたら、もはや自分の咎《とが》だけでは済まない。彼にもどんな大きな犠牲を払わせることになるか。

（悠史さんの将来をつぶすことになる）

悠史は以前、もし真名部を逐《お》われたらバックパッカーになるなどと言っていた。だが一唯には、とてもそれが現実的な話だとは思えなかった。

(企業人として、誰よりも優秀な人なのに)

その能力も、これまで積み上げてきた実績も、何もかも捨てさせることになるなんて。

勿論、彼自身にもその重さはわかっているはずだった。

(なのに、一緒に逃げようと言ってくれた)

それだけでもう十分だった。

――好きなんだ。一緒に逃げよう
その言葉だけで、これから先も生きていける、きっと。

一唯は渾身《こんしん》の力で、彼を押しのけた。

「――私の気持ちは変わりません」

できるだけ素早く目許を拭《ぬぐ》い、涙を隠す。

「一唯……!」

悠史が咎めるように名を呼んだ。

「よけいなお世話だって言っているのがわからないんですか?」

「俺のことが好きじゃないならしかたない。だけど、いつかほかに好きな人ができるかもしれないだろう? こんな結婚をして、そのとき後悔しても遅いんだぞ」

「……そんなもの」

一唯は失笑した。

「できるわけないじゃありませんか」

ほかの誰かを好きになるなんて、ありえない。

笑ったつもりなのに、また涙があふれそうになる。一唯は急いできびすを返し、部屋を飛び出した。

が蘇る。一緒にいると何をしていても楽しくて、世界が違って見えた。

（添う、っていうのは、ああいうことを言うんじゃないのか？）

――好きなんだ。一緒に逃げよう
でも、もう今さらどうにもなりはしない。もう二度とあんなふうに笑いかけてもらうこともないし、抱きしめてもらうこともない。

「誓……」

震える唇を開く。けれどもどうしてもそのあとが続かなかった。

「……誓えない……っ」

結局、一唯が口にした、それが答えだった。

「私が愛してるのは……っ」

ありえない展開に、周囲がざわめく。

まさにそのとき、大きな音を立てて正面扉が開いた。

「菜々美……‼」

続いて彼女を呼ぶ声がした。

なかば反射的に振り向けば、見知らぬ男が扉のすぐ傍に立っていた。

「孝司《こうじ》……」

呆然と彼女は呟く。男はそのまま彼女に突進してきた。一唯もまた呆然として、ぴくりとも動けずにいるうちに、男は彼女の腕を摑む。

「菜々美、愛してるんだ、一緒に逃げよう！」

「何するのよ、ばか、放して……‼」

彼女がわめき散らすのもかまわずに、強引に式場から引きずり出し、駆けていく。紅い絨毯に、脱げた白いハイヒールだけが残される。

「何をしている……！　誘拐だ、捕まえろ……‼」

彼女の父親が叫び、列席者の一部が駆け出した。ほかの者たちも騒然となり、結婚式どころではない大騒ぎになった。

一唯はどこか他人事のようにそれを眺めていた。式がぶちこわしになって、ほっとしていた、と言ってもいい。

（……彼女の笑顔、初めて見たな）

放しなさい、ばか、と叫びながら、微《かす》かだが彼女は笑っていたと思うのだ。

「一唯」

耳許でふいに呼びかけられ、一唯ははっと振り向いた。

「悠史さん……‼」

いつのまにかすぐ傍に、彼が立っていた。

いつもと違う、準礼装のきっちりとしたダークスーツ姿に、つい一唯は見惚《みと》れそうになる。

そんな抑えた色味でも、彼はなぜだかひどく華やかだ。

「おまえが愛してるのは、誰？」

彼は問いかけてきた。その余裕じみた笑みに、この騒ぎの黒幕が彼であることを、一唯は確信した。

その途端、涙がぼろぼろとあふれた。

「……つゆ……悠史さんです……」

「じゃあ、誓いのキスだ」

囁いたかと思うと、彼は一唯の唇に、唇を押し当ててきた。

こんな、大混乱しているとはいえ、皆が見ている前で——と思わないわけがなかった。それでも彼の唇の心地よさに、すべては頭から消えてしまう。

そしてそれが離れたかと思うと、彼は一唯の手を取り、走り出した。

「かっ、一唯……‼　悠史……っ」

父の声が背中に響く。

（……申し訳ありません。お父さんの期待に応えられなくて）

追ってくる親族たちを、ＤＴ部の皆が食い止めてくれているのが目の端に映った。

（ありがとう、みんな）

心の中で礼を言い、扉をくぐる。

悠史に導かれるまま、一唯はホテルの中を走り抜けた。

悠史に手を引かれて走り、ホテルの外に出るのかと思えば、連れていかれたのはバックヤードだった。

そこには悠史と一唯に背格好の似た、同じ衣装を着た替え玉がいた。

あれだけの大混乱では、追手がどの程度機能しているかはわからないが、念には念を入れた悠史の周到さに、一唯は舌を巻く。

彼らとバトンタッチして、エレベーターに乗せられた。

専用の鍵がないと入れない最上階へ上がり、フロア全体を独占するスイートルームの扉を開く。

「こんな近くにいて大丈夫なんですか……?」

「灯台もと暗し、だろ?」

と、悠史は言った。

「真名部系列とはいえ、ホテルグループは俺の管轄だから。ここでは兄さんより俺の権力のほうが強い」

口止めも根回しもすべてできているらしい。

替え玉には、あの目立つ悠史の車を囮《おとり》として走らせ、空港の駐車場へ停めるように手配してあるという。

「これでしばらくはごまかせると思うよ。どうせ少し落ち着いたら、きちんと後始末はしなきゃならないだろうから」

このまま逃げて終わらせるつもりではないらしい。そのことは少し一唯を安心させる。

「あの車をほかの人間に運転させるのには抵抗があったけどね。——本物のほうが大事だから」

「本物……?」

「そう……」

悠史はリビングルームのソファに腰を下ろし、一唯に手を伸ばしてくる。一唯は誘われるまま、彼の隣に座った。

「あの車はね、家を出てすぐ一目惚《ひとめぼ》れして買ったんだ。なんとなく、おまえに似てると思って、おまえのかわりに可愛がってた」

「私の、かわりに……?」

考えたこともなかった。一唯は思わず鸚鵡返しにする。あの磨き上げられた美しい車が自分に似ているとは、まったく思えなかった。

「……あんなに華やかじゃないと思いますけど……」

「華やかだよ。おまえは。紅といってもストイックな深い紅で、鮮やかだけど派手じゃない。ボディにはすばらしい艶があって、情熱的でいろっぽい、とびきりの美人」

自分では思いもしなかったことを、悠史はまるで口説くように囁いてくる。聞いていると、頬が火照る。

悠史がそんなことを考えていたなんて、まるで知らなかった。彼があの車をあまりに大切にするので、嫉妬したことさえあったのに。

顔を見るのも気恥ずかしく、一唯はうつむいた。

「……あの」

「うん？」

「この騒動は、全部あなたが謀《はか》ったんですか……？」

すでに確信を感じつつも、きちんと聞いておかなければならないと思う。問えば、悠史はあっさりと頷いた。

「うん」

「あの男も？」

「式場に現れて、彼女を掠った男？」

「ええ」

誰かの――悠史の手が回っていなければ、あの男がどんなに必死だったとしても、それなりに厳重だったはずの警備をかいくぐって祭壇までたどりつき、彼女を連れて逃げおおせたはずはない。

「あの男は彼女がつきあっていた中で、一番彼女に夢中だった男なんだ。探し出して白羽の矢を立て、段取りはつけるから掠《さら》って逃げてくれないかと持ちかけた。彼女も望んでいるはずだからとね」

はず、というのは方便だろう。彼女にとってもこの結婚は本意ではなかったにせよ、式場から掠われることまで望んでいたかどうか。そしてまた彼が彼女に夢中だったからといって、逆もそうだったのかどうか。

それでも、あのときの彼女の表情を思い出せば、まんざらではなかったのではないかと思わずにはいられない。

「前に話したときに、おまえの気持ちが俺にあることは確信が持てたからね。あとはどうやって式を邪魔するか、だけだったんだ」

「確信って」

確信を持たれるようなことは言っていないはずだと思うけれども。

「あんなに泣いて、わからないわけないだろう?」

と、悠史は微笑う。誓いのキスまで交わしておいて、もう今さら否定する気はないが、一唯はますます頰が熱くなるのを感じてしまう。

「これだけのスキャンダルを起こした以上、東原との提携はだめになるだろうが、会社のことはもう心配しなくていい。この数ヶ月、そのために水面下で動いてきたんだ」

「心配しなくていいって……どうするっていうんです」

「幸い、マナベ・ハーベストグループのほうは、ホテルも流通系も大きく収益を上げているからね、外部に頼らなくてもいい。真名部不動産系とハーベスト系を経営統合して、持ち株会社・真名部ホールディングスを設立する。——そうすれば、兄さんのところで出した損失は、うちで埋めることができる」

悠史のアイデアに、呆然と一唯は呟いた。

「——そんな手が、あったんだ……」

若輩の身でしかたのないことかもしれないが、一唯にはなかった発想だった。おそらく父もそうだっただろう。——否、思いついても悠史に頭を下げる気になれなかったか、話を纏める困難さに折れてしまったのかもしれないが——こういう方法を発想し、実行に移すことができるのは、やはりこの叔父ならではのことだったのではないかと思う。

「いや、あまり感心されてもね」

けれども悠史は苦笑する。

「たしかにこういう経緯でホールディングス化するのはめずらしいかもしれないけど、全然先例がない話でもないんだよ」

「そうなんですか……?」

一唯は不勉強を恥じ入るばかりだ。

「兄さんには持ち株会社の社長になってもらえば、地位を逐《お》うことにもならない。そしてゆくゆくはおまえに」

「――私は」

思わず一唯は遮った。

「……正直、向いていないと思うんです」

悠史は眉を寄せる。

「どうして?」

「無能だとまでは思っていませんが……頭が固いというか、裏読みしたり、新しいことを発想したりする力に欠けているんです。そういう人間は、ルーティンワークには向いていても、何かあったときに適切な対処ができない」

そう――結婚のことだって、嫌なら嫌で、諦める前に何か方法がないか、もっと必死で考えて、調べてみるべきだったのだ。今ならそう思う。

「それでいいんだよ。おまえは十分優秀だよ」

「そんなことは」

「足りないところは、俺が埋める。一生かけて傍にいるから」

「悠史さん……」

その言葉は、まるで結婚の誓いのようにも聞こえた。涙がじわりと滲《にじ》んでくる。一唯は慌ててそれを拭った。

「まるでプロポーズみたいですね」

と笑えば、

「そのつもりだけど？」

と、悠史は答えた。

嬉しくて、拭ったはずの涙が、またどっとあふれてきた。

「……本当に、私でいいんですか」

「おまえがいいんだよ」

「で……でも」

悠史の言葉を疑うわけではなくても、彼の傍にいるのが本当に自分でいいのかという思いは簡単には消えない。

「何？」

「……子供、好きでしょう？」

「子供？　どうして？」

悠史は少し驚いたような声を出す。

「……子供の頃、私のことを凄く可愛がってくれたでしょう」

一唯を選べば、悠史は一生、自分の子供を持つことはできなくなってしまう。

「ああ……何を言うかと思ったら」

悠史は軽く噴き出した。

「子供は嫌いじゃないけど、物凄く好きってわけでもないよ。子供というより、おまえだから可愛かっただけだよ」

その言葉が、一唯にはひどく引っかかった。

「……嘘だ」

「嘘？　どうして？」

「……だって……っ、そんなに可愛いと思ってくれてたんなら、どうして家を出ていったりしたんですか……!?」

どうしてずっと一緒にいてはくれなかったのか。

悠史には悠史の思いも事情もある。問い詰めてはいけないと長いあいだ思っていた。同時に、聞くのが怖かった。

けれども一度口に出してしまったら、止めることができなくなる。

「そのあとだって、たまには会ってくれてもよかったじゃないですか、なのに、会うどころか電話の一本もくれなかった……！」

真名部の家や父が苦手でも、外で会うという手だってあったはずだ。

悠史から見れば言いがかりにも等しいだろうが、一唯から見れば「捨てられた」のも同然だった。

そのことは一唯の中で、根深い不信感となって残っていた。

「ごめん」

と、悠史は言った。

「おまえに会うのは、禁じられていたんだ」

「え……っ？」

思いも寄らない答えだった。誰に——と、聞くまでもなく、父に間違いないだろう。でも、どうして。いくら兄弟仲がよくないとはいえ、血のつながった甥に会うなというほどの、いったい何があったのか。

「——俺が家を出た理由から話さないといけないんだろうな」

悠史は吐息をついた。

それはずっと一唯が聞きたかったことだった。

——そろそろ自立しないとね
などという曖昧《あいまい》な科白ではとても納得できなかった。大学卒業と同時に出たのならまだわかる。でも彼が出ていったのは、社会人になって二年というひどく半端な時期だった。

「……あれはおまえがまだ中学生だった頃……。ある日、俺が家に帰ってきたら、めずらしくリビングのソファでおまえがうたた寝していたんだ。起こしても起きなくて、かわりに甘えるみたいな声で、俺を呼んだ。それがたまらなく可愛かった。寝顔も、声もね」

「——それで?」

一唯には、話の帰結が見えない。

「それで、つい」

「つい?」

首を傾げる。

「キスしようとしたところを、兄さんに見られた」

「——……」

驚いて、言葉がすぐには出てこなかった。

(……キス?)

その頃、悠史より九つ下の一唯は、まだ十五歳だ。

「な……なんでそんなこと……」

問い詰める傍から顔が熱くなる。

「それは……まあ、なんて言ったらいいんだろうな。キスしたいって思ったんだ。それまでは、いくら可愛くても、それはただ弟に対するようなものだって、無理矢理思い込もうとしてたんだけどな。あれでもうごまかせなくなった。——引いた？」

「……っ……」

一唯は左右に首を振った。まだ十五歳の血のつながった甥にそういう気持ちになるなんて、普通に考えればゆるされないことなのかもしれない。けれども、一唯は嬉しかった。そんな頃から、悠史が自分のことを好きでいてくれていたなんて。

「ありがとう」

額にキスが降りてくる。

「……そのあとすぐ兄さんに部屋に呼ばれて、家から出ていくように言われた。そして一族の集まりなどのどうしても外せないとき以外には、二度とおまえと会うな、と。——まあ、大事な一人息子に手を出そうとする男なんて、兄さんの立場では遠ざけたくて当たり前だよな」

「だ……だからって、そんな命令聞かなくても……っ、たまには父さんには秘密で会ってくれればよかったじゃないですか……っ」

「会いたいと思ってくれてた？」

一唯は小さく頷いた。

「……そうだね。俺も会いたかったけど」

「だったら」

「関わらないほうがおまえのためだと思ったんだよ。自分がちゃんとブレーキをかけられるかどうか不安だったし、血のつながった男と世間に後ろ指を指されるような関係になるよりも、普通に好きな女の子と結婚して、しあわせになって欲しいと思ったんだ。——それなのに」

と、彼は言った。

「兄さんの言うままに政略結婚して、生涯その結婚相手だけを愛し、セックスもその女としかしない、なんて言われたらね。しかも相手は相当なアバズレときたら……！　そんな女が生涯ただ一人、おまえとセックスできる女なのかと思ったら、嫉妬でおかしくなりそうだった。俺が身を引いたのはなんだったのかと思ったよ」

「……嫉妬、した……？」

その言葉に、なんだかひどく心が浮き立つ。

「ああ。そんな女と添い遂げるくらいだったら、たとえ男でも、おまえを愛してる俺のほうがましだって——そう思ったら止まらなかった」

「悠史さん……」

彼は一唯にとっては、「まし」なんてものじゃない。ただ一人の人なのに。

「おまえはどうして、あんなふうに考えるようになったの」

と、彼は言った。そのきっかけを、彼はまるで覚えていないのだろうか。

「あなたが言ったんじゃないですか。女の子になんて興味を持たないほうが、真名部の跡取りとしてはいい、問題を起こさないで済むからって」

「言った？」

「言いました」

――好きな子なんていません
――そっか。ま、そのくらいのほうがいいのかもしれないな。真名部の直系が女好きになったりすると、将来問題が起きるかもしれないし
一唯が説明すると、悠史もようやく思い出したらしい。彼は軽く頭を抱えた。

「ああ……でも、それは」

「……あなただって、あの家は居心地が悪かったでしょう？」

「一唯……」

悠史は驚いたように名を呼んだ。

「……俺のこと、考えてくれたんだ？」

「……そういうわけじゃないですけど……」

素直に認めるのが、なんだか気恥ずかしい。

「俺はあのとき、おまえに呪《のろ》いをかけてしまったのかもしれないな」

「呪い……?」

「おまえに好きな子がいないって知って、嬉しかった。できるだけ、おまえの心を独占する子が現れないようにって、無意識に願ったんだ、きっと」

「悠史さん……」

「俺はあの家が好きだったよ。追い出されさえしなかったら、いつまでもあそこに住んでいたかった。おまえがいたからね」

それは一唯がずっと聞きたかった言葉だった。

「……本当に?」

声が震える。彼は頷いた。

「若い頃は、親のことや家のことをいろいろ考えたこともあったけど、こういう生まれじゃなければよかったと思ったことはないよ。真名部に生まれたからこそ、おまえと出会えたんだから」

悠史の唇が降りてきて、一唯のそれと重なる。

まるで呪いを解くキスのようだった。

シャワーのあと、ベッドの上で濃厚に舌を絡ませ合えば、ぞくぞくと肌が粟立ちはじめる。このまま続けていたら、すぐに流されてしまう。

「……あの」

唇が離れた瞬間に、一唯は言った。

「うん？」

「私にさせてくれませんか？」

「えっ、させるって……、もしかして上を？」

「上？」

よく意味がわからない。

別荘にいたあいだ、レッスンとはいっても結局「してもらう」ばかりで、自分のほうから悠史の身体にふれたことがなかった。だから一唯は、少しでも自らの手で悠史を気持ちよくさせてみたかったのだ。

「……舐めてもいいですか？」

悠史は目を見開く。

「……咥えてくれるの？」

「悠史さんがよければ」

「え、じゃあ、よろこんで」

歓迎してくれるようだ。

ベッドのヘッドボードを背に座った悠史の両脚のあいだに、一唯は入り込む。バスローブを捲ると、先刻のキスのせいか悠史のものは半勃ちになっていた。

目の当たりにするのは二度目だが、まだ慣れることはできず、見ているだけでもどきどきする。

一唯はそれへそっと唇を寄せていった。

手を添えて、先端のふくらみの部分に口づけると、ぴくりと震えて硬度を増す。それがとても可愛くて、もっと感じさせてやりたいと思う。自分のものを咥えてくれたときの悠史も、こんな気持ちだったのだろうか。

(どういうふうにしてもらってたんだっけ……)

快感に翻弄《ほんろう》されるばかりだったのであまりよく覚えてはいないが、記憶をたぐりながら茎をていねいに舐めていく。

「ん……気持ちいいですか……?」

舌を遣いながらくぐもった声で問えば、

「うん。……初めてにしてはとても上手だ」

悠史はそう言って頭を撫で、ほめてくれた。息遣いが少し乱れていて、それが感じてくれている証拠のようにも思えて嬉しかった。

「咥えてごらん」

促され、一唯は大きく唇を開け、亀頭を含む。

「……っ、いいよ、……そのままスライドさせて」

言われるまま、一唯は口内を出し入れさせる。悠史のものはどんどん硬くなり、大きくなっていった。もともと無理のあったサイズのそれが含みきれないほどになり、一唯の喉をこする。

「ん、んん……っ」

一唯はいつのまにかその感触に夢中になっていた。

悠史は腰を軽く揺すり、一唯の喉の奥を突きはじめる。そこを抉られると、なぜだかたまらなくぞくぞくした。

「んぅ……っ、ん、んん……っ」

後ろに入れられて、深く突かれるときの感覚を思い出してしまう。口に咥えているだけのはずなのに、腹腔《ふくくう》の奥がずきずき疼く。

「うう……っ」

「一唯、……腰、揺れてるね」

「んんっ……」

そんなことはないはずだと思うけれども、我に返ってみれば、いつのまにか高く掲げていた腰がゆらゆらと揺れていた。

熱を持った狭間《はざま》に、ローションが垂らされる。

「……っ……」

びくりと一唯は震えた。続けて、悠史の濡らした指が後ろへ挿入されてきた。

「……っ……あぁ……」

自分の指を挿れるのとはまるで違う感触に、一唯は小さく息を詰めた。そのまま奥へと進められると、思わず背が撓る。

「……っふぁ……っ……」

口内のものを吐き出してしまう。勢いよく跳ねたそれが頬を打つ。

「そ、そこは」

「……やわらかいね」

一唯の中を指で探りながら、悠史は言った。

「ここ、自分でしてた?」

「……っ、し、してな……っ」

指摘され、かっと体温が上がったような気がした。そんなことが悠史に知れるとは思いもしてなくて、ひどく狼狽する。

「本当に?」

「ほ……本当です……っ」

「じゃあ、ここが俺の指をどんどん呑み込んでいっちゃうのはどうして？」

「ん……ああっ……！」

「ほら、三本目だよ」

「あぁ、や……っ、うぅ……っ」

自分では、そんなに広げたりしていない。自分の指でするより、悠史はずっとずっと大きくそこを開いてしまう。

「もう、無理……っ」

「そう？　でもこっちは凄く悦《よろこ》んでるみたいだけどね？」

「あぁ……っ」

腹の下へ手を回し、ずっと放っておかれた前の部分を握られれば、ひどくぬるりとした感触がある。辛くて——辛いはずなのに、どうしてそんなふうになるのかと思う。

悠史は茎をこすり上げながら、後ろの指を動かしてくる。

「や、そんな……っ」

片方だけでもきつすぎるほどの刺激なのに、両方を弄られて、涙がぼろぼろ零れた。

「いや、そこ……っ」

中の一番感じるポイントを、悠史はそれぞれの指でばらばらにこすってくる。掲げた腰を恥ずかしくよじってしまう。

「あ、あ、悠史さ、だめ……っ」

「だめ？　どんどん出てくるよ？」

「ああ、はぁ、ああ……っ」

唇のほうはすっかりおろそかになり、悠史のものは一唯の頬をこすっていた。

「ああ、あぁ、いく……っ」

「それはだめ」

一唯が我慢できなくなって喉を撓らせた瞬間、絶妙なタイミングで、悠史は刺激するのをやめてしまった。

「っ……な、んで……っ」

後ろの指を引き抜かれ、その辛さにまた泣いてしまう。

悠史は一唯の身体を持ち上げ、子供のように膝に乗せた。下から覗き込んで再び問いかけてくる。

「俺のこと考えて、した？」

「……っ……」

「それとも、我慢できなくてほかの男にさせたの？　だったらゆるさないよ」

「まさか……っ」

一唯は首を振った。

「そんなこと、疑うなんて……っ」

「ごめん、本気じゃないけど、もし万一……って思ったらたまらなくて」

「……するわけないでしょう……っ」

婚約者の菜々美とさえ、本当にできるのかどうか怪しいとさえ思っていたのだ。ほかの男なんて論外だった。

一度は止まった涙がじわりと滲んだ。

「……あの別荘でのこと、何度も思い出して、どうしても忘れられなくて、……だから自分で。

「ここで気持ちいいの、覚えちゃったんだ?」

尻を軽く撫でられ、恥ずかしさに目を逸らしながらも、一唯は頷いた。

「でも……それだけじゃなくて」

気持ちいいだけじゃなくて。

「……あなたに、抱かれたかった」

彼を身体の中に受け容れて、もう一度ひとつになりたかった。

「一唯」

悠史はぎゅっと一唯を抱きしめてきた。

「俺もおまえを抱きたかったよ。ずっと。――虐《いじ》めてごめん」

軽くキスすると、彼は一唯を膝立ちにさせ、後ろの孔に自身を押し当ててきた。

「あ……」

力を抜いて、と命じられるままにすれば、広げられた孔へと侵入してくる。慣らされ、飢えきった自分の身体が、それを美味しそうに食《は》んでいくのがわかる。

また悠史とひとつになれるのが、たまらなく嬉しかった。

「悠史さん、悠史さん、あ、あ、あ……！」

奥まで届いた瞬間、それをきつく締めつける。一唯は背を撓らせ、一気に駆け上がっていた。

じらされきって長く続く吐精のあと、ぐったりと力の抜けた身体をベッドへ横たえられる。

一唯は乱れた呼吸を整えようとする。

「……大丈夫？」

問いかけてくる悠史のものは硬度を上げてさらに熱を持ち、一唯の奥深く収まっている。

その息吹《いぶき》を感じているだけでも気持ちがよかった。

一唯は彼に頷いてみせる。そして肩に腕を回して引き寄せ、耳に囁いた。

「……もっとしてください」

「一唯」

悠史は一唯の腰に腕を回し、強く引きつけると、突き上げはじめた。

スイートルームで蕩けるような数日を過ごし、一唯と悠史は真名部の家に戻って、一唯の父と対峙した。

「一唯を私にください」

と、悠史は言ってくれた。

それはまるで娘を嫁にもらおうとする男そのもので、一唯は少し恥ずかしかったが、それでもたまらなく嬉しかった。

二人が愛し合っていること、これから一緒に暮らすことを告げ、会社をホールディングス化することを提案した。

父は反対しなかった。

外堀はもう埋まっていたし、あれほどの醜聞をともなって東原との話が壊れた以上、もうこれしかないことはわかりきっていたからだ。

「……こんなことになるのではないかと思っていた」

と、父は吐息とともに呟いた。

「おまえは子供の頃から、実の親より悠史にばかり懐いていたからな」

「――……」

そのことは、一唯が考えていたよりもずっと、父を傷つけていたのだろうか。よく似た性格だという自覚があるだけに父の不器用さが伝わってくるようで、胸が痛んだ。

父は続けた。

「何かあれば、いつでも戻ってきなさい」

 一唯は驚かずにはいられなかった。

 この言葉はつまり、「ゆるした」ということだからだ。

（……勘当されるかと思ってた……）

 以前より十も老け込んだように見える父に罪悪感を覚えながらも、深く頭を下げて、真名部家を出た。必要なものはあとで取りに来るつもりだった。

 会社のほうが少し落ち着いてから、DT部の皆を集めて、ハーベスト系列のホテルで小さなパーティーを開いた。

 一日も早く童貞を卒業することを趣旨とするDT部では、男とつきあいはじめた部員は童貞卒業を諦めた、つまり最下位決定として、ほかの部員に奢るのが慣例のようになっているのだ。

 そのことを悠史に話したら、

 ──だったらパーティーでも開こうか。おまえの友達にも、一度ちゃんと挨拶しておきたいしね
 ということになった。

 祝福に駆けつけてくれたのは、部員のほかに、白木の恋人の須田、榊の恋人の一柳。全

員もと同級生なだけに、男ばかりだがまるで同窓会のようだった。

「あとは小嶋だけだね」

「おまえもホモになっちゃえよ！」

「冗談……！　俺はちゃんと女の子の恋人を見つけて、結婚してしあわせになるんだからな……！」

「男同士でもしあわせになれるんだけどな？　ね？」

「え？　あ、ま、まあな……っ」

などと、真ん中のまるテーブルを囲んで騒いでいる。

ちなみに、最初から順番に、榊、白木、小嶋、須田、再び白木の科白だ。一柳は榊の肩を抱きしめたまま、ただ微笑っていた。

一唯たちは、奥の長テーブルの席に座り、それを眺めていた。なんだか披露宴のようでもある。

それを口にすれば、

「そのつもりだよ」

と、返事が返ってきた。

（……そうだったのか……）

と、一唯は少し照れてしまう。

言われてみれば、だいぶ略式だがテーブルの配置や花、酒や料理なども、それらしいものになっていた。

「そういえば、今日の料理は、今度うちのホテルで出そうと思ってる新作なんだ。どう?」

と、悠史は聞いてきた。

「美味しいです、とても」

「よかった」

上品な味もすばらしいし、見た目も繊細で美しい。きっとホテルの客にも好評を博すことだろう。

それらを目と舌で楽しみながら、脳裏を過ぎるのは、自分の下手なオムレツだった。ふだん毎日のようにこういう料理の試食をしている男には、あれはずいぶんみすぼらしく見えたに違いない。

(……やっぱりつくらなければよかったかな)

少し恥ずかしく思っていると、ふいに悠史が言った。

「でも、俺には、おまえの料理が一番美味しく感じるんだけどね」

「え」

一唯は思わず顔を上げた。

「食べたんですか、あれ」

「勿論」

と、彼は微笑う。

「またつくってくれる?」

一唯は頬が熱くなるのを感じながら、こくりと頷いた。

幼精秘話

ベッドに押し倒してパジャマをすっかり脱がせてしまうと、悠史《ゆうし》はつい、一唯《かずい》の性器をしみじみと見つめてしまった。

さきほどからの長いキスで反応したのか、その部分はゆるく勃《た》ちかけている。見ていると、愛《いと》おしくなる。

(……本当に可愛《かわい》い)

というのは、別に小さいという意味ではない。ちゃんとそれなりの大きさに育っているし、細身だがちゃんと剝《む》けていてかたちもいい。使い込んでいないから、色も綺麗《きれい》だ。むしろ立派になったものだと感動さえ覚えていると言ってもよかった。

何しろ悠史は、まだ皮を被《かぶ》っていた頃からこれを知っているのだ。

(そう——つきあいはじめる前に、最後に目にしたのは、まだ真名部《まなべ》の家で一緒に暮らしていた頃のこと……)

その夜のことを、悠史は思い出す。

夜遅く悠史が家に帰ってくると、バスルームのドアの隙間《すきま》から、明かりが漏れていた。

(こんな時間に?)

二階には家族それぞれの生活スペースがあるが、兄は主寝室に隣接した南側の浴室を使っているため、こちらを使うのは自分と一唯だけだ。

十二時を過ぎた今頃、一唯が風呂に入るとも思えない。消し忘れたのだろうか。あの几《き》帳面《ちょうめん》な甥《おい》にしてはめずらしい。

ついでだからこのまま自分が入ってしまおうか——そう思いながら、悠史はドアを開けた。

その途端、目の前に現れた光景に、固まってしまう。

(うわ、これは……)

ノックぐらいすればよかった、と思っても後の祭りだった。

中は無人ではなく、一唯がいた。パジャマの上だけは着ていたが、下は穿《は》いていない。そして手には、そう、パンツがある。

これはもしかして……、男なら少年時代にはだいたい誰にでも覚えのある、アレではないだろうか。

(まずいとこ見ちゃったな)

と、思わないわけにはいかなかった。

「ご、ごめん」

と謝って、退散しようとする。けれどもふと思いとどまったのは、一唯が涙目で自分を見ていたからだった。

「ええと……」

「……叔父《おじ》さん」

震える声で、一唯は呼びかけてきた。

「……私は病気なんでしょうか……？　目が覚めたら、白いのが……」

「あぁ……、いや……」

悠史は答えに詰まった。

もしかして、これが初めての夢精なのだろうか。

（ええ？　十四歳だろう？）

おかしいというほどではないが、ちょっと遅いのではないだろうか。細身だがそれなりに背丈もあるし、身体《からだ》は標準的に成長していると思うのに。

しかもこのようすだと、性的な知識はほとんどないのではないか。

「ええと……学校で習わなかった？」

と、悠史は聞いてみる。

「何をです？」

「性教育というか……」

「……？　そういえば、風邪《かぜ》で休んだときにそんな授業があったかもしれません」

「そっか……」

たまたま休んでいたということか。こういう子にこそ、性教育は必要だったのに。

父親はあのとおりの堅物で、息子に第二次性徴の手ほどきなどできそうにもない。母親は亡くなっているし……まあ生きているとしてもこんなことは教えられなかっただろうが。頼みの友達も、一唯が腹を割って話せる相手は少なそうだ。

そう思うと、ひどく不憫《ふびん》になってくる。

（ここは俺が教えるしか……？）

一唯は甥というか、歳《とし》も九歳しか離れていないし、可愛い弟のようなものだ。これは自分に課された責任なのではないだろうか。

「病気なんかじゃないよ」

悠史は少し屈《かが》んで、一唯に目線を合わせた。

「ちっともおかしくない。君くらいの歳になれば、誰でもこうなるものなんだ」

「叔父さんも……？」

「まあね」

悠史は苦笑しつつ頷《うなず》いて、一唯の頭を撫《な》でた。

「それ洗ったら、部屋へ行こうか」

一唯の部屋へ移動し、パンツを干してやってから、悠史は彼に初歩の性教育をほどこした。

今のは年頃になれば誰にでも起きるごく一般的な現象で、病気でも異常でもないこと。三日もすれば精巣に精子がいっぱいになって、自分で抜くかセックスをして発散しない限り、夢精してしまうこと。

「……抜く?」

一唯は首を傾《かし》げる。

「ええと……抜くっていうのは、つまり……オナニーのことで……」

「オナニー?」

何も知らずに鸚鵡返《おうむがえ》しにしてくる。なんだか、いたいけな子供にいけないことを教えているような気持ちになる。

けれどもあまりこっちが恥ずかしがってしまっていては、性に悪印象を持たせてしまうことになりかねない。ここは堂々としていなければ。

「自分で扱《しご》いて、精液を出すってこと」

「???」

相変わらず、一唯は首を傾げている。

(うーん……)

悠史は悩んだ。

(百聞は一見にしかず、か?)

「じゃあ、ちょっとこっちにおいで」

悠史は一唯のベッドに上がった。ヘッドボードに凭《もた》れ、両脚のあいだに、背中を向けて一唯を座らせる。

肩越しに後ろから覗《のぞ》けば、下半身は何も身につけていない若い脚が気持ち開いて、まっすぐに伸びていた。その白さに、なんだか目をやられそうになる。

そんな妙な感覚を追いやり、悠史は言った。

「パジャマ、捲《めく》って」

一唯は裾《すそ》に手をかけ、そろそろと捲りあげる。よく理解できないなりに、思うところはあるのか、恥じらいが見て取れるのが可愛らしい。

(……って、変態か、俺は)

しかし悠史の手で捲るよりは、自分でやらせたほうがまだましだと思うのだ。

やがてパジャマの下から、文字どおりウインナーのようなものが現れる。小さくてピュアな感じのそれを、やはり可愛いと思わずにはいられなかった。

ここまでするのはどうなのかという躊躇《ためら》いを感じないではない。けれどもこの純粋培養されたかのような甥を見ていると、教えておかなければかえってまずいことが起こりそうな気がして。

「握ってごらん」

と、悠史は囁《ささや》いた。

「……っ」

一唯は言われるまま、それをぎゅっと握り締める。そして小さく呻《うめ》いた。

「そんなきつくしないで、そっと握ってこするんだ。気持ちいいところを探してごらん」

悠史の言葉に従う一唯は、とても素直だ。うつむいたまま、茎の部分を擦りはじめる。縮んでいたそれが、次第に頭をもたげてくる。

「……ふっ……あ」

一唯は小さく声を漏らした。

「……何か、これ……」

「いいから続けて」

「……っ……ぁぁ……っ」

「大きくなってきたね。……気持ちいい？」

「……よく、わかりませ……」

微笑《ほほえ》ましくて、悠史はつい笑ってしまった。一唯のものは硬く反っているし、先端は濡《ぬ》れはじめている。感じていないはずがないのに、恥ずかしいのか、その感覚を受け止めきれていないのだろうか。

「じゃあ、剝いてみようか」

「……剝く……?」

「その、先っぽの皮を被っているところをね」

「うう……?」

そろそろと手をかける。少しだけ先端が覗いている縁のところを、指先で捲ろうとする。そして悲鳴をあげた。

「痛……っ」

「……まあ、最初は痛いだろうね。でもそこはなるべくいつも剝いて、清潔にしておくほうがいいから。……頑張って」

促すと、一唯は再び挑もうとする。

「ん、ン……っ」

けれども何度か試みて、首を振った。よほど痛かったのか、促してももう続きをしようとはしない。

「無理、です……っ」

「しょうがないな」

そう——あくまでもしかたなく、悠史はそこへ手を伸ばした。左手で支え、右手でできるだけそっと剝いていく。

「う……ぁあ……っん」

一唯は、悠史の手首を握り締めて堪《こら》えていた。その力の強さは一唯の苦痛の表れなのだろうが、その表情とあいまって、なんだか——

(なんだか、って、何)

悠史はそんな思いを振り払う。

ずいぶん痛かっただろうに、すっかり剝けてしまった一唯のものは張りを失わず、綺麗に反り返って震えていた。

「先のほう、さわってごらん」

「あっ……?」

言われるままふれてみて、びくりと手を引っ込める。そんな仕草に、悠史はつい目を細めた。

「そこ敏感だから、最初はちょっと辛《つら》いと思うけど、じき慣れるから」

「……はい……」

一唯は背をまるめ、子猫のように喘《あえ》ぎながら、素直にこすり続ける。後ろから見ると、耳まで真っ赤になっている。

（……ほんとに可愛いな）

そんな姿を見ると、やはりそう思わずにはいられなかった。

悠史はつい、ちょうどいい位置にあるその赤い耳朶《みみたぶ》に、唇を寄せてしまう。軽く食《は》んで、ちゅっと吸ってから、はっと我に返った。

（え、今の、何？　……俺、何をした？）

「あぁ……っ」

一唯が達したのは、ちょうどそのときだった。

白濁を吐き出し、綺麗に背を撓《しな》らせて、ぐったりと悠史に凭れかかる。眉《まゆ》をひそめたような表情が妙に艶《つや》めいて見えて、悠史はにわかに心臓が跳ねるのを感じた。

（え……？　嘘《うそ》だろ、なんでこんな……？）

自分で自分がよくわからなかった。わかりたくなかった。

一唯は実の甥であると同時に、まだ子供だ。ずっと可愛がってきたけれども、ただ弟のように可愛いだけの、子供。

悠史は自分にそう言い聞かせる。

それでもなぜだか、高まった鼓動は少しも収まってはくれなかった。

そのあと一唯が落ち着いてから、こういうことは悪いことじゃなくて絶対に必要なことだから——とかなんとか説明したような気はするが、よく覚えてはいない。

とても認めるわけにはいかなかったが、あれが一唯をただの「弟」としてだけでなく意識した最初だったのではないかと思う。

あれから十一年。

「な……何、いつまでも見てるんですか……っ」

ついじっと股間《こかん》を見つめていた悠史に、一唯が声をあげた。

「え？　ああ、いや」

いけないいけない、これではまるで変態みたいではないか。——とはいうものの、

「見られるの、好きだろう？」

と、揶揄《からか》えば、

「すっ、好きじゃないです……っ」

少し焦ったように一唯はふいと顔を逸《そ》らす。

「じゃあ、なんでここがこうなってるの」

そう言って、悠史は指先でぴんと先端を弾《はじ》いた。

「あう」

勃ちかけていた一唯のものは、悠史の視線の下でじわじわと硬度を増し、今ではすっかり張り詰めて腹につきそうなくらいになっていたのだ。

ふっ、と悠史は微笑《わら》ってしまう。

一唯にしても、この性癖はあの夜の初めての自慰からきているのかもしれない。

この子のすべての根は自分にある——そういう可能性を思うと、さらに愛おしさが募る。

悠史はキスで一唯の抗議を封じ、待たせたね、と囁いて、彼のものに手を伸ばした。

あとがき

こんにちは。「妖精生活」をお手にとっていただき、ありがとうございます。鈴木あみです。

DT部シリーズ三冊目は、御曹司で堅物、かつ箱入りのあまり、ちょっと考え方が偏っている童貞受と、かつて彼を可愛がってくれ、初ひとりHの手ほどきまでしてくれた――というか、してしまった？　叔父のお話です。

DT部の童貞仲間たちから、セックスが下手だと結婚相手を不幸にするかも、と指摘され、Hなレッスンを受けることになるのですが――。

揶揄いつつも可愛がってくれる年上攻っていいですね！

なお、前回の主人公、榊幸歩と一柳司、前々回の主人公、須田と白木、小嶋なども、ちらちらと顔を出していますが、一話完結式のシリーズですので、このお話だけ読んでいただいてもまったく大丈夫です。

イラストを描いてくださった、みろくことこ様。ご迷惑をおかけして申し訳ありませんでした。今回も本当にありがとうございました。ちょっとちゃらい叔父さんがどんなふうにデザインされるのかと思っていたら、凄いかっこよくて嬉しかったです！　以前から決まっていた真名部も、実際に動き出すのが楽しみでしたが、超美人なまま可愛くなっててどきどきしました！

担当さんにも大変お世話になりました。じわじわと……原稿が遅くなっていく……。すみません。次回は頑張ります！

ここまで読んでくださった皆様にも、心からありがとうございました。また次の本でもお目にかかれましたら、とても嬉しいです。

鈴木あみ

鈴木あみ先生、みろくことこ先生へのお便り、
本作品に関するご意見、ご感想などは
〒101-8405
東京都千代田区三崎町2-18-11
二見書房　シャレード文庫
「妖精生活」係まで。

本作品は書き下ろしです

CHARADE BUNKO

妖《よう》精《せい》生《せい》活《かつ》

【著者】鈴木《すずき》あみ

【発行所】株式会社二見書房
東京都千代田区三崎町2-18-11
電話　03(3515)2311[営業]
　　　03(3515)2314[編集]
振替　00170-4-2639
【印刷】株式会社堀内印刷所
【製本】ナショナル製本協同組合

落丁・乱丁本はお取り替えいたします。
定価は、カバーに表示してあります。

ISBN978-4-576-14033-9

http://charade.futami.co.jp/

CHARADE BUNKO

スタイリッシュ&スウィートな男たちの恋満載

鈴木あみの本

俺のウサギを返してもらおうか――

ウサギ狩り

イラスト＝街子マドカ

突然動物のミミが生え、同性を惹きつけるフェロモンを発する「ミミつき」になってしまった宇佐美は……。

守ってあげるかわりに、そのからだを差し出しなさい

泥棒猫

イラスト＝街子マドカ

やりたい放題と噂される高慢な猫――研究員・玉斑春季はミミつきであるがゆえ常に特別な存在だったが…。

挿れられるの、そんなに嬉しいの？

愛犬

イラスト＝街子マドカ

元恋人のもとへ転がり込んだ八尋。匿ってもらう対価は、その時価十億ともいわれるミミつきのからだで…。